# 狼兄弟

# 魔穴大战

（英）米雪儿·佩弗 著

于宥均 译

中国和平出版社

**图书在版编目（CIP）数据**

魔穴大战 /（英）佩弗著；于宥均译. -- 北京：中国和平出版社, 2012.6
（狼兄弟系列）
ISBN 978-7-5137-0324-6

Ⅰ.①魔… Ⅱ.①佩… ②于… Ⅲ.①儿童文学—长篇小说—英国—现代 Ⅳ.①I561.84

中国版本图书馆CIP数据核字（2012）第094899号

CHRONICLES OF ANCIENT DARKNESS BOOK 6:GHOST HUNTER
AUTHOR:MICHELLE PAVER
Copyright:©2009 TEXT BY MICHELLE PAVER,ILLUSTRATIONS BY GEOFF TAYLOR
This edition arranged with ORION CHILDREN'S BOOKS LTD
through BIG APPLE AGENCY, INC., LABUAN, MALAYSIA.
Simplified Chinese edition copyright:
2012 China Peace Publishing House Co., Ltd
All rights reserved.

中国版权登记号：图字：01-2012-0500

### 魔穴大战

（英）米雪儿·佩弗 著　于宥均 译

出 版 人：肖　斌
责任编辑：杨　隽　杨　光　张春杰
美术编辑：杨　隽
责任印务：宋小仓　　曲利华

出版发行：**中国和平出版社**
社　　址：北京市海淀区花园路甲13号院7号楼10层（100088）
发 行 部：（010）82093738 82093737（传真）
网　　址：www.hpbook.com
投稿邮箱：hpbook@hpbook.com
经　　销：新华书店
印　　刷：北京中印联印务有限公司
开　　本：690毫米×960毫米　1/16
印　　张：16.5
字　　数：106千字
版　　次：2012年7月第1版　2012年7月北京第1次印刷

ISBN 978-7-5137-0324-6　　　　　　　　定价：29.80元

# 致中国读者

亲爱的中国读者们：

首先，我想热切欢迎你们进入到我的世界！

从十岁开始，我就非常向往石器时代的生活：拿着弓箭去打猎，披着鹿的毛皮取暖，用树枝搭建营帐。而我最想拥有的，是一只狼。

《狼兄弟》实现了我的所有愿望。这个故事是有关石器时代的野狼和无边森林，以及深懂狩猎之道的勇敢人民。在此，我身上披着鹿皮，嘴里咬着鹿肉，夜里听见野猪和野狼的嚎叫，并和一只熊进行胆战心惊的对峙。

我深信当你阅读这本书的时候，你将宛如身临其境，与托瑞克和小狼同在那远古的年代。所以，我亲爱的读者，尽情享受这一趟冒险之旅吧！

# 第一节

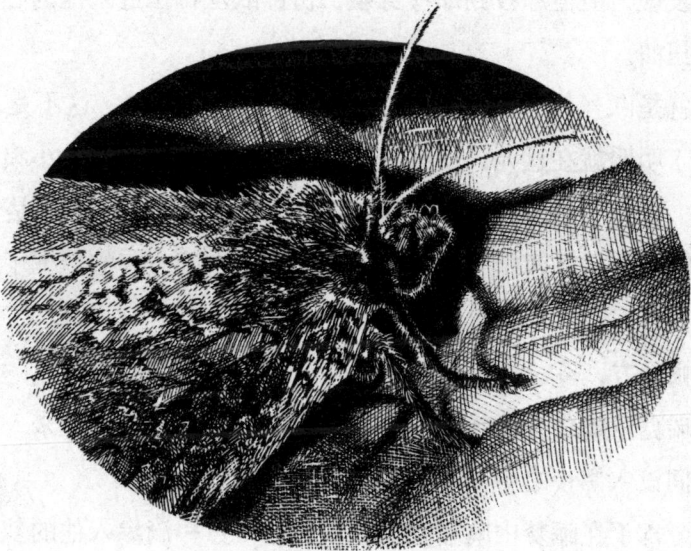

托瑞克十分不愿地走进寂静的营地。

火熄了，芬·肯丁的斧头横倒在灰烬里，芮恩的弓被踩得陷入泥巴，狼唯一留下的踪迹是零星散落的几枚脚印。

斧头、弓、脚印，全都布满了看起来像是污雪的东西。托瑞克走过去，一团灰蛾立刻蜂拥而起。他蹙着眉伸手将它们挥开，然而他一离开，它们就又群聚回去继续啃噬。

他在营帐门口停下脚步，门柱摸起来湿湿黏黏的，他闻到一股甜腻的臭味，他不敢进去。

里头很黑，但他隐约看见一大群飞个不停的灰蛾，灰蛾底下，是三具静止不动的身躯。他完全不想接受他看到的景象，但他已经了然于心。

他往后一退，重重跌在地上，黑暗将他层层包围……

托瑞克倒抽了一口气，坐起身来。

现在的他明明就在营帐里，缩在睡袋中。他的心在胸中狂跳，紧咬着牙，他咬得嘴巴抽痛。他根本就没睡着，持续的警戒让他的肌肉紧张、发硬，但他却看到那些身躯，仿佛欧丝特拉进入他的心，将他的思想扭曲。

这就是欧丝特拉要你看到的景象，他对自己说，这不是真的。芬·肯丁明明就在这儿，安睡在营帐里，狼和"深色"及小狼都待在休息地，十分安全，芮恩和野猪族在一起不会有事的。**这不是真的。**

不知道什么东西爬上他的锁骨，他一拳击碎，灰蛾留下了粉状的污斑和些许腐臭。

营帐后方，芬·肯丁张开的嘴唇上停着一只蛾子。

托瑞克一脚踢开睡袋，悄悄来到养父身边。蛾子飞起来，转了个圈，瞬间没入黑夜之中。

芬·肯丁在睡梦中喃喃呓语，梦魇已一点一滴渗入他的梦里。托瑞克知道最好不要叫醒他，若是这么做，乌鸦族领袖将会连着几天都陷在恐怖的幻象里。

托瑞克自己便饱受幻象的折磨，就像蛾群挥之不去的污尘。他套上绑腿、背心、靴子，走出营帐。

"黑刺之月"在林间空地斜斜射下幽蓝的长影，空地周围，森林的气息在松林间飘动。

托瑞克走过去，几条狗抬起头，但营地仍是静无声息。只要是跟他一样了解乌鸦族的人就会明白，这样的气氛有多诡异。营帐像是受了惊吓的野牛似地围着彻夜不熄的长形营火群集在一起，莎恩在空地四周的树桩上插了冒烟的杜松火把，试图驱赶蛾群。

瑞和蕊栖在一棵桦树的树杈上，头缩在羽翅底下。它们睡得很安稳，到目前为止，灰蛾骚扰的对象就只有人类。

托瑞克完全不理会两只乌鸦咯咯的抗议，硬是带着它们到长形营火边坐下，双臂热乎乎的，满是困倦的羽毛。

森林里，一头雄鹿高声大叫起来。

小时候，托瑞克很喜欢听红鹿在雾霭迷蒙的秋夜里高声鸣叫。每当他舒服地缩在睡袋里，他总凝神望向灰烬，想象自己正看着激动的小雄鹿在熊熊烈火的山谷里以鹿角对决。他向来觉得很安全，他知道父亲不会让黑暗和厉鬼靠近他们。

现在他知道的已不仅仅是这样了，三个秋天前，就在像今晚这样的夜里，他蹲伏在残破的营帐中，眼睁睁地看着父亲的鲜血一滴滴流尽。

雄鹿安静下来，树林在睡梦中吱嘎呻吟，托瑞克很希望有什么人醒过来。

他很想念狼，但是发出狼嗥一定会惊动整个营地，而他又不敢长途跋涉去找狼群。

怎么会变成这样？他觉得很奇怪，他竟然会害怕一个人进到森林里去。

"事情就是这样开始的。"半个月前，芮恩告诉过他，"欧丝特拉派出的东西很小，专在晚上出现，挡也挡不住。灰蛾只是开始，恐惧会愈来愈严重，而这就是她的养分，也是让她强大的来源。"

远方，一只鹰鸮放声大叫：呜——呼、呜——呼。

托瑞克抓了根柴枝粗暴地拨火。他能做的也就这样，该准备的他都准备好了：一个装满箭的箭袋，为了御寒而缝制的冬衣，斧头和刀子的刃口也已被他磨得锋利到甚至可以劈开头发。

要是能知道该往哪儿去找她就好了，问题是欧丝特拉躲在山上，她就跟蜘蛛一样，用她的网笼罩整座森林；也跟蜘蛛一样，只要网线稍有动静她就会发现。她知道托瑞克很想去找她，也希望他这么做，但就是迟迟不动。

托瑞克脸一沉，盯着灼热的灰烬，试图忘了一切。

有人在叫他的名字，他惊醒过来。

圆木段塌了，乌鸦飞回树上。

他这并不是在做梦，他确实听到了，好熟悉的声音，熟悉得让他难以承受，这根本不可能。

他站起身，抽出刀子，走到插有杜松火把的林地边缘时，停下了脚步。他挺起胸膛，走过去，进入森林。

皎洁的月光下，松树林飘浮在白茫茫的雾霭中。

前方山坡上，不知什么晃了一下就不见了。

托瑞克加快了的呼吸愈来愈浅弱，他不敢跟过上，但他没有别的选择。他攀着双手往上爬，硬是从矮树丛中穿了过。

爬到一半时，他停下来仔细听，听到的只有雾气鬼祟的渗落声。

握着刀子的手上不知什么东西弄得他痒痒的。

在他拇指底部，有只灰蛾吸了他一小滴血。

"托瑞克……"树林里传来微弱的哀求声。

恐惧窜入托瑞克心里，紧紧掐住了他的心。这不可能。

他又往上爬高了些。

穿过一波波雾霭，他一眼瞥见巨石旁矗立着一个高大的身影。

"救我……"那身影低沉地说。

他朝着身影跌跌撞撞地走了过去。

身影化成了一片阴影。

没有留下任何踪迹，只有一根树枝微微地摇摆。然而就在巨石后方，托瑞克发现了残余的营火。圆木段是冷的，上头覆盖着一层灰。他凝神看着这些木段，发现它们被排成一个星形。怎么会这样？会用这种方式生火的就只有他和另一个人而已。

**注意你的背后，托瑞克。**

他立刻转身。

在两步远的地方，有一把弓插在泥土里。

托瑞克立刻认出了箭上的翎羽。他知道这把弓是谁做的，他迫不及待地想去摸摸它。

他用舌舔了舔唇，可是嘴巴还是好干。

"是你吗？"他放声大叫，粗哑的声音既恐惧又渴望。

"是你吗？……爸爸？"

第二节

"应该不是他。"芬·肯丁说。

"是爸爸，"托瑞克说，卷起了他的睡袋。"他的弓、他生的火、他的声音，是他的灵魂。"

芬·肯丁拿着手杖站在营帐前往地上敲了敲。"声音可以模仿，认识他的人会知道他怎么生火，至于那把弓——"

"我知道，"托瑞克抢着说，"谁都有可能找得到，因为我把他丢在森林里了。没有花楸树枝、没有诵经，唯一有的只是仓促做出来的死亡面具，难怪他无法安息。"

他从梁上抓了几片肉干，塞进食物袋里。肉干，他父亲曾在死前气若游丝地这么说，全都带着。然而他在慌乱间，竟忘了把肉干带走。

"你那时才十二岁，"芬·肯丁静静地说，"你做得很好了。"

"那不够，所以他现在才来求我去救他。"

"或许欧丝特拉正希望你这么想。"

托瑞克站直了身子，这一阵子，根本没几个人敢大声说出这个名字。

"这是她弄出来的，"乌鸦族领袖说，"她悄悄跑进人的思绪和梦境，制造恐惧。"

"我知道。"

"你真的知道？你真的了解她的力量有多强大？她有托卡若思任她差遣，她手中握有火焰蛋白石，其他的食魂者全都怕她，而你竟打算一个人去找她。"

托瑞克一动也不动。雾霭已聚积成浓浓大雾，渐渐苏醒的营地上，人们像鬼魅般时隐时现。他看见因害怕扭曲的脸孔，他甚至怀疑这场大雾是否就是欧丝特拉降下来的。

他打开药罐，看见他之前为了偶尔心灵行走而跟莎恩要来的黑树根。但如果对手是鹰鸦族巫师，这又能派上什么用场？

"也许你说得对，"他说，"也许我昨晚看到的一切，全都是她

制造出来的。爸爸也曾是食魂者，也许她有办法控制他的灵魂，但我无论如何都该有所行动。"

"还不是时候。蛾群的出现不过几天而已，就连莎恩都没看过这样的东西。红鹿族的杜伦安送了讯息给我，她和我的看法一致。我们绝对不能让氏族分散，如果做不到这点，而让恐惧战胜了我们，那我们就只能任欧丝特拉宰割了。"

"我没法再等下去了！"托瑞克突然激动起来，"好几次我早就想行动了，而你每次都说不可以！你说山这么大，就算找一辈子也许都找不着她。可是现在我们有危险了，谁知道她接下来还会使出什么手段来？面对她是我的宿命，芬·肯丁，难道我真的该等下去，一直等到整座森林都落入她的手中？"

"那你打算怎么做？动身到山上去，试试你的手气？"

"我根本不需要这么做！她想得到我的力量，只要她准备好了，她自然会告诉我她在哪里。"

"只要她准备好了，托瑞克！等她准备好她就会把你抓走，到那时什么都来不及了。不行，我不会放你走。"

"你挡不了我的。"

托瑞克拿起药罐，用力一拉，束紧袋口细绳。"芮恩回来时，帮我跟她说我很抱歉。跟我一起走太危险了，至少这个决定你不会反对。"他讽刺地加了后面这句，因为他已经十五岁了，依氏族法律，这个年纪的男孩可以开始找自己的伴侣了，而芬·肯丁似乎企图分开他们。

芬·肯丁甩开手杖，走开几步之后又走了回来。"我明白那种急于和亡者接触的心情，相信我，我真的明白，就在你母亲过世的时候……只不过托瑞克，一定要设法熬过去，生灵和亡者是不能同在一起的，同在一起的话，生灵的生命会枯萎，心智更是会整个陷入疯狂的！"

芬·肯丁说得十分愤慨，托瑞克吓了一跳，但接下来他还是扛起箭袋和弓，拿起了斧头。"他是我的父亲。"他说。

"你的父亲，你的宿命，但这并不只是你一个人的战争！危险的是我们每一个人！"

"正因为如此，我一定要离开，我不能再坐以待毙了。"

没多久，托瑞克就离开了乌鸦族营地。成片的浓雾使他的灵魂感到沉重，但他没看到灰蛾，而且当他开始往东走，马上觉得威胁消失了。

大约中午的时候，浓雾渐散，太阳出来了。一颗颗水珠在琥珀色的蕨丛和银绿色的须松罗上闪闪发光，金黄色的桦树和鲜艳的花楸树下，仅剩的柳草闪耀着紫光：这是森林冬眠前最后一波光彩。今年秋天，坚果和莓果都丰收，小动物们在树丛里窸窸窣窣的尽情享受；松鸦为了橡实呱呱地吵了起来，松鼠悄悄把榛果埋进树叶下的腐土中。

瑞和蕊假装没注意到托瑞克，直接飞过他身边，惹得啄木鸟大叫起来。因为被迫离开乌鸦族的营地，它们十分生气，它们在乌鸦族的营地被供奉得又肥又壮，尤其是瑞，今年春天它因为对抗橡树族巫师而掉了一支羽翅，如今那儿重新长出了白色的羽毛，这使得它受到氏族万分的敬重。

托瑞克压根没注意到乌鸦，离开芮恩让他十分痛苦，她不会原谅他的。但他知道他非这么做不可，出现在他幻象中那惨遭毒手的营地很可能是真的，在他面对鹰鸮族巫师的时候，芮恩绝不能出现。

狼也一样。

正因如此，他决定绕道上山。原本最快的路线应该是穿越灰水往东南走，然后顺着急水一路往上，接上石山。但他却沿着马跳河，朝河上游东北方向的山脊走，因为狼和"深色"最近把幼狼带到那里。

说声再见吧！

休息地是位于崖顶上的一片空地，一边有倒落的桦木挡着，另一边则有一片刺藤作为屏障。托瑞克到达时已近傍晚，"深色"和小狼们欣喜若狂地欢迎他，狼出去打猎不在家。

托瑞克松了口气，看来他得搭个营帐等他的狼兄弟回来，他可以等到明天再出发。

日暮时分，他把火叫醒，依着桦木用一根云杉粗枝搭了个棚屋，把行李挂在好奇的口鼻够不着的地方。来烦他的只剩两只小狼了，那只有着红棕色耳朵，被芮恩取名叫"叮当"的小狼在上个月生病死了。

营帐搭好后，托瑞克出去采黑莓，小狼也跟着一起。"影子"很爱咬靴子，就是那只黑色的小狼，"小圆石"则是夏天时最先从洞穴跑出来迎接托瑞克的那只。

熟透了的黑莓在他手中碎裂，两只小狼吸着他手上的莓果。"影子"把前掌放到他膝上，用后腿立起来，给了他一个湿黏的狼吻；吃得鼻子紫黑的"小圆石"则蹦跳着打起营帐的主意。它咬住一根树枝，用力一拉，弄得营帐摇晃起来，也把它抛回母亲的怀抱。

托瑞克看着"深色"舔着小狼，知道自己这么做是对的。它们才三个月大，这么小的年纪，如何禁得起上山的跋涉。何况，狼也不可能丢下它们不管。

托瑞克一边想，一边钻进睡袋。

今晚降了霜，他的冬衣让他很满意：鸭皮做的背心和内绑腿、暖和的驯鹿皮外套和外绑腿，以及海狸皮靴子。他并没有真的睡着，一听到兴奋的低吠声，他便醒了过来。

狼回来了。"深色"和小狼一边大口吃着狼带回来的肉，一边摇着尾巴，瑞和蕊悄悄走过去，想看看有没有碎肉。它们拿机灵的"深色"一点办法也没有，小狼也早就清楚乌鸦酷爱偷吃的恶习，一边吼一边用身体挡，就是不让它们靠近。

在月光照射下，休息地上寒霜熠熠，狼的眼里闪着银光。狼跳向托瑞克，和他一起打了几个滚，朝着彼此的口鼻又磨又舔。**打猎很顺利，小狼很强壮！**狼说。

托瑞克朝上方看了一眼，看见漆黑的夜空中有白色的雪花点点飘落。

这是小狼出生后的第一场雪，它们喜欢得不得了。它们对着这个奇怪、安静的猎物一会儿追、一会儿咬、一会儿悄悄跟在后面，时而用脚掌拍，时而彼此舔去毛皮上的雪。托瑞克跪下来，小狼爬到他身上，冷冰冰的小鼻子紧贴着他，狼和"深色"也来了，大家绕着休息地，在山岭上你追我跑，跑过山边时还踩落了几颗小石子，石子落进远在山下的马跳河，溅起些许水花。

最后，托瑞克在营火边蹲了下来，狼儿们仰起口鼻，对着月亮嗥叫。托瑞克听着小狼犹豫的叫声，以及它们父母亲强劲、果断的声音。他觉得好舍不得离开，最糟的是，他根本没法坦白跟狼说，若是说了，只会逼使狼面临痛苦的抉择：丢下他的家人跟托瑞克走，还是丢下他的狼兄弟陪家人留在这里。

狼感觉到托瑞克的不快乐，他停下嗥叫，跑到托瑞克身边。厚实的毛皮上闪着雪光，舔在托瑞克脸上的舌头却暖暖热热的。

你很伤心。他说。

没有。托瑞克没说实话。

狼没再问，只是靠在他身上，用陪伴来安慰他。

有狼兄弟在身边，托瑞克不必再害怕欧丝特拉的灰蛾，安稳地直睡到天亮才醒来。

托瑞克悄悄地让火睡着，扛起了行李。

在睡梦中的狼不时抽动脚掌，但是当托瑞克跪在他身旁时，他立刻睁开眼睛，用力摇动尾巴。你要去打猎？他问，耳朵动了一下。

对。托瑞克用狼语回答他。他把脸埋进狼的颈毛，用力吸着他深爱的气味，然后强迫自己离开。

酷冷的清晨，覆了雪的冰面被他的靴子踩得劈啪作响。当他走到一片较高的平地时，低矮的熊果树丛在风中显得更加明显：深红的浆汁像血似地喷得到处都是。在一片空地上，托瑞克发现一只死掉的灰蛾。他用靴子碰了碰，灰蛾立刻碎成粉末。

他继续往前走，在矮树丛中发现了更多死蛾。

也许，他不安地这么想，欧丝特拉已不需要这些蛾子了。也许，它们已经完成了它们的任务。

# 第三节

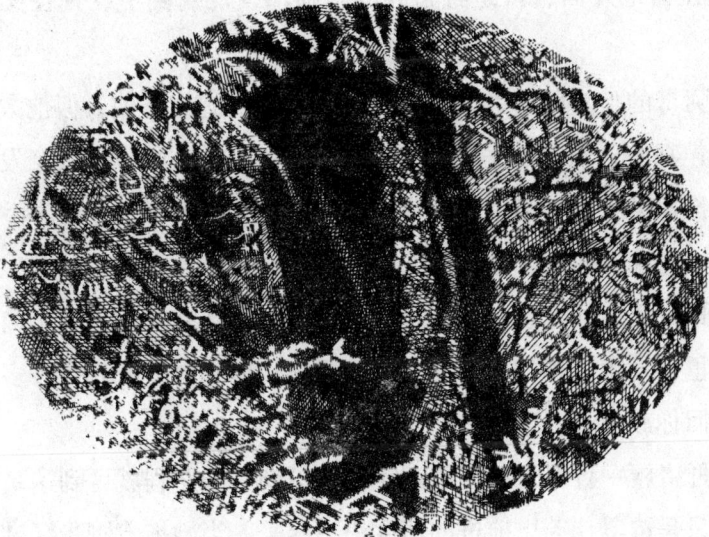

"难道你没听见吗？"生病的男孩微弱地说。

"听见什么？"芮恩问。

**"厉鬼啊……"**

芮恩从火中抽出一支火把，让他看清楚这座野猪族营帐的每个角落。"阿奇，你看，这里并没有厉鬼。"

"是蛾子把它们吸引过来的，"他喃喃地说，身子前后摇晃，"它们永远都会跟着我了。"

"可是，什么也没有啊。"

他一把揪住她的手，在她耳边悄声说："**它们在我的影子里！**"

芮恩猛地往后一退。

阿奇惊慌地往周围看了看。"我一直听到它们的声音，牙齿咔嗒咔嗒地响，还有它们愤怒的呼吸。早上影子变长的时候，我就会看见它们，中午影子和我贴近的时候，它们就进入我的身体，在皮肤底下，啃咬我的灵魂。啊！走开！"他伸手扒抓自己的影子。

芮恩不知道该怎么办才好，她累极了，几天来她拼了命地把灰蛾挡在营地外面，可是野猪族的巫师却发烧病倒了，现在又来了这一桩。

阿奇的指头因为去抠地席而流血，芮恩想拦住他，但他太壮了。她放声呼救，阿奇的父亲冲了进来，一把抱住儿子。另一个发着烧、面容憔悴的人则高高举着一枚螺旋形护身符，做了个手形的手势。

"他说他的影子里有厉鬼。"芮恩告诉他。

野猪族巫师点点头。"我已看过两个同样症状的人了，芮恩，如果这里会发生这样的事，那乌鸦族恐怕也躲不过，我现在好多了，你赶快回你族里去。"

野猪族一直都驻扎在落石河边，不到一天路程就可到达乌鸦族北边，只是浓雾让芮恩前进的速度快不起来。当她拖着脚步穿过浓雾，她想起了灰蛾和戴面具的欧丝特拉。一有叶子落下来她就心惊胆颤，她真后悔没答应野猪族领袖，让他陪她走一趟。

她疲累的心不停地想了又想，到底该怎么做才能阻挡灰蛾？到底该怎么做才能对抗影子病？万一莎恩老弱得没法解决，最后什么事都得靠她，那可怎么办？

而这底下又藏着一道暗流，那便是让她忧心不已的托瑞克。

连着好几天，她一直在解读灰烬的讯息，昨晚，她放了一座梦梯，就是一根缠了他头发的花楸树枝，在她睡袋底下。现在，她真希望她不曾这么做。不管怎么做全指向同一件事，她祈祷这一切真的只是她弄错了。

中午左右雾散了，她停下来休息，在榉树下吃了块鲑鱼饼。打开食物袋时，她手腕上的之字形图腾突地一阵刺痛，她悄悄绑起食物袋，检视这棵树。

有人在另一头的树干上凿了个奇怪的锥形记号。大约和手一般宽，而且是用砍的——不是刻的——硬生生朝平滑的银色树皮里砍下去。

芮恩从没见过这样的记号，看起来好像一只张开翅膀的巨鸟，又像是一座山。

而且是最近才刻上去的，伤口还汩汩流着树血。无论这是什么人做的，肯定都是出于仇恨，意图带来痛苦。

芮恩抽出刀，扫视森林。天色渐渐暗去，树下尽是暗影幢幢。

她知道只有一种生物会如此残暴地对待其他生物，托卡若思，藏身在小孩肉体中的厉鬼。

她摸了摸手背上的伤疤，那是两年前被托卡若思咬的。肮脏纠结的头发浮现在她的脑海中，恶毒的牙齿和手爪，她想象他们穿梭在树枝间，仿佛看到了树枝的晃动，听到了吱吱卡卡的笑声。

这儿什么都没有，她告诉自己。

但她还是快步往山坡上跑。

就快到了，只要翻过这座山脊，我就可以回到灰水山谷，再一路下山就到了。

芮恩回到乌鸦族营地的那个夜里降了霜。一座座营帐簇拥在长形营火四周，氏族的人仅向她点了点头，欢迎她回来。没人开口问她那么惊慌是怎么回事，恐惧早已漫布在四面八方，野猪族巫师说得没错，这里的情况也恶化了。

波依和希亚拉克这两个年轻的猎人生病了。他们说他们的影子里有厉鬼，他们不停地在各种东西上面凿刻奇怪的锥形记号：泥土、木头，甚至是自己的身体。芬·肯丁在河边献祭，托瑞克不在，他昨天清晨就动身上山了。

一听到这个消息，她发出无声的叫喊，火速冲去她的营帐。

营帐里，乌鸦族巫师正在解读灰烬的讯息。

"你为什么不拦住他？"芮恩大吼着问。

莎恩没抬眼，她披着她的麇鹿皮斗篷坐在那儿，不停地往火里扔着杨树的树皮，看着树皮扭曲、竭力捕捉灵魂的耳语。"幽魂山，"她微弱地说，"啊……是的……"

芮恩扔下行李，急急走过去。"幽魂山，就是我在树上看到的那个记号吗？"

"她躲在山上，她想得到亡者的力量，是的……这确实是她一直想得到的。"

芮恩一想到托瑞克就这么穿越森林，却不知道自己要去的是什么样的地方，她立刻动手整理装备，把鲑鱼饼塞进食物袋。

"你是打算在夜里出发？"莎恩嘲弄地问，"跟着这些蛾子、影子病，还有在森林里伺机而动的托卡若思？"

芮恩犹豫了。"那就等天亮。"

"你不可以离开，你是巫师，你要留在这里，帮助你的族人。"

"他们有你。"芮恩反驳。

"我老了，"莎恩说，"再过不了多久我就要走了。"

芮恩不安地迎向她厉如火石的目光。就在她离开的这段时间里，乌鸦族巫师又老了一些。她的头颅在斑驳的头皮下看起来脆弱地宛若一枚尘菌，只需摸一下，立刻就会碎成粉尘。

然而她的心却还是像乌鸦的爪子一样尖锐。"我死了之后，"她郑重地说，"你就是乌鸦族的巫师了。"

"不要。"芮恩说。

"没有选择。"

"他们可以去找别人，有这样的例子，从其他氏族挑选巫师的人选。"

"蠢女孩！"莎恩吐了口唾液。"我知道你为什么不想面对你的责任！可就算他打完最后一战活着回来，就算他当真战胜了食魂者，留着一条命亲口告诉大家发生了什么事，你以为他就会留在乌鸦族里吗？他是个漂泊不定的人，这是他的天性！你留下来，他离开，结果就是这样。"

就在那一瞬间，芮恩恨透了莎恩，她真想一把抓住她虚弱的肩膀猛力摇晃。

莎恩一眼看出她的心思，高声大笑起来。"你恨我，是因为我说出了真相，可是你自己早就知道了，你不也已解读出那些征兆了吗？"

"才没有。"芮恩小声地说。

莎恩猛地扣住她的手腕。"告诉我你看到了什么。"

巫师的手像鸟爪一般轻巧冰冷，可芮恩却怎么也挣脱不开。"就看见水晶般的森林碎了。"她支吾地说。

"影子回来了。"莎恩接着说。

"白色的守护者在星空中绕转。"

"却救不回倾听者的性命。"

芮恩咽下口水。"倾听者冰冷地躺在山上。"

"啊……"乌鸦族巫师微弱地说，"灰烬从不说谎的。"

"它们一定是弄错了！"芮恩大声说，"我会证明它们是错的！"

"灰烬从不说谎的，欧丝特拉会带走的就只有他一个人，没有你，也没有狼。"

"**她带不走的！**"芮恩激动地大叫，"她不可能将我们分开，他不会一个人面对她的！"

"他会。我已经在灰烬中看到了，我也在骨牌中看到了，而且它们还告诉我——是的，这你已心知肚明——它们告诉我，心灵行者必死。"

经过混乱的一夜，芮恩不知不觉在无梦的空白中睡去，醒来时才发现早上已过了一半，她吓坏了。

第一场雪降临，她脑袋昏沉地走出营帐，白亮的强光立刻刺得她不停眨眼。营地里乱哄哄的，大家都忙着拆营帐，用幼苗和驯鹿皮制作雪橇。狗儿不知怎么了，东奔西跑的，一个个急着想赶快套上雪橇。乌鸦族即将拔营撤离了。

芮恩看见芬·肯丁在拆他的营帐。"要去哪里？"她说，"为什么现在走？"

"往东走，到山丘那里，氏族会在那里集合，那里离森林深处不远，他们待在那里比较安全。"他注意到她的表情，没再说下去。"你打算去找他。"

"对。"她原以为他会阻拦，结果他只继续去忙手边的工作。他的脸色十分苍白，看得出他一夜未眠。

"为什么你要现在拔营？"她又问了一次。

"我刚跟你说了，那里离森林深处不远，他们待在那里比较安全。"

"他们？难道你不打算跟他们一起去？"

"是，我离开后，陶尔会带他们去。等氏族会合了，莎恩自会和他商量后续该做的事。"

"什么？"芮恩睁大了眼盯着他看，"可是，现在正是他们最需要你的时候！你怎么能在这个时候离开？"

芬·肯丁看着她。"若非事不得已，你以为我愿意离开我的族人吗？我连想了好几天，实在想不出其他办法，所以我很确定只有这个法子了。"

"发生了什么事？你打算去哪里？"

他犹豫了一下。"我得找到一个人，那个人可以帮托瑞克，帮我们所有人。"

"那人是谁？"

"我不能告诉你，芮恩。"

她害怕地缩了一下。"你是不能说？还是不想说？"

他没回话。

芮恩大叫一声，转过身背对他。这一切实在来得太快，先是托瑞克，现在是芬·肯丁。

她感觉到叔叔把手放在她肩上，将她轻轻转回身。她看见他白色的毛外套上布满雪花，看见他银灰的毛发与红褐色的胡须纠结盘缠。

"芮恩，看着我，看着我。我不能告诉你，因为我以我的灵魂发过誓，发誓我绝对不会告诉任何人的。"

马跳河岸上的冰花愈积愈多，降了霜的树林闪着微光。"黑刺之月"不该这么冷，这种感觉很奇怪。

芮恩猜想，既然托瑞克会因为此行危险不让她随行，那么他一定也不打算让狼陪着一起去，这么一来就表示他一定会为了道一声再见，先到狼的休息地去。为了节省时间，她直接过河，走比较平坦的南岸。看起来托瑞克并没走这条路线，总之她没发现任何他的踪迹。

她因为担心而没心思生他的气。三年来，宿命一直重压着他，去年夏天，她发现他的恐惧与日俱增，虽然他从没说出口，但偶尔他们一起坐在营火旁或是陪小狼玩耍的时候，他的表情都很紧绷，于是她知道他脑子时刻都在想着未来等着他的命运。

真希望他别总是觉得这些事都该由他一个人承担。

她动身太晚了，还没到休息地附近，就得停下来找扎营的地方。她觉得很泄气，气得咬牙切齿，托瑞克领先了她一天，而且他的脚力又好。

仅仅领先一天就足以发生任何事了。

# 第四节

托瑞克一整个早上都在找能越过马跳河的地方。他沿河往上游走，北岸却愈来愈陡，最后不得不折返。

他气坏了，这里是他生长的地方，自己居然这么快就什么都忘了。

还有，他已开始在想狼。以前他们也经历过分离，但这次感觉很不一样。他竟希望狼会出来找他，希望自己会看见那袭灰影穿过树林大步朝他跑来。

一夜之间，森林成了白茫茫一片。托瑞克在獾为了制作冬床而采集的蕨丛旁发现了几道拖痕，在驯鹿为了采食地衣把雪扒开的地方发现了斑驳的缺口。

在十步远的地方，一枚刻在紫杉上的记号对着他大声咆哮。

他虽然不很清楚那枚记号代表什么——似乎是一只大鸟俯身冲向一座高山——但他感觉得出它的意图。**我就在这儿啊**，鹰鸮族巫师说，**我正等着呢**。

托瑞克怒火中烧，这枚记号硬生生凿进了树皮和边材，仿佛欧丝特拉的魔掌正抓着森林不放。

他气不过，立刻拿出母亲的药罐，倒了些大地之血在手上，抚平树的伤口。好了。这不是普通的药罐，这是用"世界灵"的鹿角做的，也许放在里头的红土可以帮助紫杉疗愈伤口。

这也意味着对食魂者的宣战。**托瑞克做的**。

他继续往前走，听到"深色"自远方发出疑惑的叫声：你——在哪里？远远的，狼以嗥叫回应了：在这里！狼的声音听起来很开心，托瑞克告诉自己，离开狼，这么做是对的。

但他还是很想他。

白天的时候狼都在睡觉，但夜晚一降临，他便动身行猎。他交代小狼不要靠近野牛角之后就离开了伴侣。因为"深色"先前发现了一

支老牛角，上下抛了起来，小狼一个劲跳起来想接住，结果敲伤了鼻子。

狼急跑穿过森林，捕捉到了猎物的气味，猎物正在吃坚果和蘑菇。云杉旁有头驯鹿在磨它的角，他一个跃起，把美味的血肉嚼得碎烂。

但他心里一直很不安。

天气非常冷，冷到他的脚底居然踩到冰雹，就连树木也都在发抖，这样的冷很古怪。危险。

还有"无尾高个子"（狼眼中的托瑞克）不知在隐瞒什么。他跟狼说他要去打猎，可是狼感觉得出，他并没有想找猎物的意思。那么"无尾高个子"到底为什么不跟他说实话呢？他怎么可以对他的狼兄弟有所隐瞒？

最糟的是，"石脸"竟然出现在狼的睡梦中。她穿越嘶嘶作响的"黑暗"来到他面前，然后恐惧就将他制服。她的号叫好像碎裂的骨头，咬伤他的耳朵；她的气味闻起来像是尸体的气味；她可怕的脸僵硬且没有表情，眼睛不是眼睛，只是空洞，口鼻始终没有动作。狼在她面前吓得缩成一团，因为她把前掌放进火里，**结果抽出来时居然安然无事。**

当他一醒来，她就不见了。但此刻，狼穿过柳草，追踪一头雄獐鹿的气味时，他不时想着，会不会这就是"无尾高个子"离开的原因，难道他打算去猎捕"石脸"？

如果真是这样的话，没有了狼兄弟的他是不可能办到的。但是如果狼得照顾小狼，他又怎能跟他一起去？

当狼张开大口准备咬下去时，一股臭气冲进了他的鼻子。他捕捉到"石脸"的气味，以及大开杀戒的欲望，还有鸦的味道。

狼竖起全身的毛皮。

他把雄獐鹿忘在脑后，开步追了上去。

# 4

天色开始变了，氏族都把这个时间叫做"鬼时"。

瑞和蕊一度显得很不安，托瑞克想不出是什么原因。也许，它们只是跟他一样，想念着芮恩和狼，又或许是因为这不寻常又没有风的寒冷。

来到河上方悬崖边时，他觉得很饿，便停下来休息，点起一小团火，吃了条马肉干。河岸还是陡峭得无法爬下去，他只好由原路折返回到休息地，他觉得很丢脸。

他丢了些碎屑在羊齿丛里给瑞和蕊，但想不到它们竟然无动于衷，而且还飞到松树顶上，发出悠长尖锐的叫声：咿啊——咿啊——咿啊。**入侵者**。

托瑞克迅速搜索，但什么也没发现。

瑞和蕊一边激动地呱呱大叫，一边飞走了。

有乌鸦同行时，聪明的人会留心它们的警告。托瑞克抽出刀子，更仔细地再次搜索。

在离营火不远的一片岩层下方，他发现了一颗由鹰鸮反刍出来的肉骨渣丸子。丸子很大，长度超过他的手，厚度是他大拇指的三倍。他凝神细看，但没打算去摸，他看出丸子里裹了一堆毛皮和骨头，主要是鼬鼠和山兔。难怪乌鸦会飞走，就跟许多生物一样，它们也很怕这种鹰鸮。

托瑞克想象这只巨鸟就在上方这片岩地，往下朝它的目标一扑，把猎物撕个粉碎，狼吞虎咽一番，然后吐出反刍的肉骨渣丸子。

他站起来，检视上方的岩石。

正要仔细检查斑驳的花岗岩时，这只鹰鸮就抬起它的耳羽，以嘶声对着他狂吼。

他和它距离之近，只要伸个手就可以摸到。他几乎停住心跳地看着它强健的脚爪和凶残的勾嘴，凝望着它那双一眨也不眨的火红怒

目。他不由往后一缩，只见它的瞳孔宛若漆黑的空洞，空洞里只有毁灭的欲望。

它发出一声尖叫，展开巨大的羽翅飞了起来，托瑞克不得不低身闪避。

他看见鹰鸮消失在森林里，他的手上满是湿黏的汗水。

他迅速熄灭火，收拾起行李。

向前走了一会儿，他发现一只被咬得乱七八糟的松貂，鹰鸮并没吃它，它杀松貂纯粹只是为了好玩。

他看见一支羽毛，黑黄相间，上头覆了一层腐臭的尘土。几个夏天前，就在食魂者带走狼的那一天，他也曾看到一支和这一模一样的羽毛。

是在它攻击狼的时候掉下来的。

刚才鹰鸮往东飞去。

飞往休息地。

是朝小狼飞去。

# 第五节

刺藤让托瑞克无法进到休息地里。

他拿刀朝刺藤拼命地砍，也用手直接去拨。他无法知道发生了什么事，但他听到乌鸦发出刺耳的尖叫，也听到母狼的怒吼。狼去外面打猎还没回来，只留"深色"独自奋战保卫小狼。

终于，托瑞克开出了一条路，步履艰难地进入休息地。他看见"小圆石"害怕地缩在悬崖边一丛杜松底下，"影子"趴倒在远处一棵桦木旁：那儿乱七八糟掉了一地的黑羽毛。他看见瑞和蕊合力围住想俯冲下去抓小狼的鹰鸮，看见"深色"跳过去试图保护它。

托瑞克一把抽出腰上的斧头，火速冲过去帮"深色"。鹰鸮把翅膀一斜，高飞到他够不着的地方，接着它回头朝他俯冲，托瑞克顿时嗅到一股恶臭。他举手一挥，鹰鸮立刻朝他额头攻击，他晕得跪在地上，同时看见鹰鸮伸长了爪子，朝着"小圆石"藏身的地方俯冲而下。

鲜血从他眼中喷涌而出，但他奋不顾身站了起来，冲过去抵挡鹰鸮。差不多就在他赶到的时候，为了救小狼的"深色"也不顾一切地跳了过来。鹰鸮时快时慢地在空中绕转，使得跳起来的母狼一张口只咬到空气。托瑞克大吃一惊，"深色"落脚之处竟是悬崖边缘，它狂乱地又扒又抓，偏偏脚下的泥土全都结冻成冰，它掉了下去。

托瑞克看到它掉进悬崖下方的河里，先是没入水中，接着又挣扎着浮出水面。水流太急，它再次没入水中。

鹰鸮不断攻击"小圆石"所在的杜松灌木丛，乌鸦再次将它击退。托瑞克吼叫着挥动他的斧头，拼了命地回击。他从眼角的余光看见狼突然从森林冲出，朝着掠夺者跳过去。鹰鸮绕了个弯，躲开斧头、狼牙、爪子。它又飞了回来，似乎杀得不够，还想再开杀戒。

托瑞克看见杜松丛下的"小圆石"吓得不停发抖。只要它躲在那里，那就还有一线生机，但如果到了空旷的地方……

托瑞克大吼着命令它：**躲好别动！**但就在这一刹那，"小圆石"撑不下去了。它冲出藏身的地方，朝刺藤快跑。鹰鸮以利爪抓住它，飞向高空。

托瑞克丢下斧头，解开箭袋和弓。沾满了血的手指太滑，让他始终没法将箭搭上。

鹰鸮以惊人的力量扶摇直上，"小圆石"软绵绵地挂在它的爪子上，鹰鸮随心所欲地在空中一圈圈打转，接着，它慢慢绕出一个大圆弧，调转过头，飞往南方。

瑞和蕊呱呱大叫，火速跟在后面。

悬崖边上已不见狼的踪影。

托瑞克站在原地向四处张望，他看见他的狼兄弟越过一片岩石，沿河岸一边快跑，一边嗅寻伴侣的气味。因为嗅不到气味，狼于是跑过一棵横倒在河面上的松树，消失在森林中，无论希望多么渺茫，他都要设法救出他的小狼。

第六节

鹰鸮在嘲弄狼。

它把小狼挂在爪子上，飞回来确定狼跟上来之后，就又缓缓飞向高空。狼火速追赶，几乎是后脚还没着地，前脚就又跨出下一步。

他迈着大步跑上山坡，接着下到他"初始"的山谷。他的爪子踏在由河水冻结的冰上，咯啦啦地响个不停。

鹰鸮突然低飞扫过，他甚至听到它挥动翅膀发出的咻声，接着它便飞上树梢，消失无踪。

狼尽他最大的力量，不放弃地拼命快跑，但最后他停了下来，风吹在他的狼尾上，他捕捉不到气味，看不见树林上方的天空，他再也听不见乌鸦的叫声。

狼用他的毛皮感觉到，这一次，鹰鸮不会再折返回来了。

巨大的空虚将他占据。

"深色"走了，小狼也都走了。**这不可能的。**

小狼是他的一部分，就像他不能忍受失去脚掌一样，他怎能忍受失去小狼？他和"深色"是生命共同体，他们同为一体地在森林中打猎，同为一体地感觉是哪只小狼在打鬼主意想溜出去野，又是哪只小狼困在了刺藤里。嗥叫时，他们的声音总是同时到达天空。

**这不可能的。**

狼仰起口鼻，放声哀嚎。

托瑞克跪在悬崖顶，狼的哀嚎传到了托瑞克耳边。如此凄凉，巨大的悲伤无止无尽。

托瑞克在心里决定，绝不能让他的狼兄弟独自承受这一切，他要找到他，尽一切力量抚慰他。

然而当他一站起来，整个休息地就旋转起来。他摸了摸额头，手移开时指头上一片血红。

最好处理一下，他昏沉沉地这么想，但却迟迟没动手把药罐打开。

休息地一片狼藉，惨遭蹂躏的雪地上阴冷荒凉。"影子"躺在桦木旁边，像是睡着似的。没有血迹，鹰鸮一定是把它抓起来后飞到高空，再由高处将它摔落，落下的力道让它一着地就死了。

托瑞克在尸骸旁跪下，脑中浮现出它幼小的灵魂四处行走，寻找狼、"深色"和它狼群兄弟的模样。他很想帮它，但他觉得狼应该没有死亡仪式或是死亡面具。以前他问过芮恩这个问题，芮恩说狼不需要这些，它们的耳鼻都很敏锐，所以它们的灵魂一定会聚在一起，绝不会变成厉鬼。于是托瑞克便只祈求狼群的守护灵赶快来把"影子"的灵魂带走，别让它受到惊吓。

他把它的尸体移到刺藤旁边，放在一丛羊齿上。就让它安息在那儿吧，盘旋在空中的月亮和星星会照看着它，等时候到了，它就会跟所有生物一样，成为其他森林居民的食物。

天黑了，月亮周围出现一轮光晕，这意味着天气还会更冷。他今晚没办法去找狼，他得在这里睡上一晚，等天亮再出发。

他麻木无觉地收拾散落的行李，然后在先前搭的那座营帐前把火生起，接着拿出药罐里的蓍草干，贴在额头上，再用他被放逐时戴的那条鹿皮头带固定。

蓍草的霉味让他想起以前他执意越过瀑布，芮恩帮他治疗伤口。他很想她，他不知道他没找她同行就独自离开乌鸦族营地这么做是不是错了。那时候，他是那么坚信他非独自行动不可，可那或许正是欧丝特拉的诡计，她就是要他落单。而这会儿，她派了她的鹰鸮前来屠杀狼群，又诱开了狼。她果真如愿了，他落单了。

南方传来狼的哀嚎，托瑞克没有开口响应他，他知道狼现在想听到的，是那一声声他再也听不见的叫声。

天亮了，托瑞克顺着崖面发现一条陡峻的下坡路，他连滚带爬地下到了河岸。

狼的踪迹显示他越过了横落在河面上的松树，但托瑞克没跟上去。他先到下游一带，搜寻悬崖下方的地面。也许——也许——"深色"掉下来还活着；也许它上了岸，奄奄一息地躺在什么地方……

雪地上不见任何痕迹，浅滩边上的冰层也都完好无缺。

托瑞克以松树做桥越过马跳河，到对岸查看。还是一样，什么都没有，"深色"走了。

**走了，走了**，周围回荡着狼孤寂的嗥叫。

托瑞克照着狼兄弟留下的踪迹动身前进。如果雪层硬得无法留下掌印，那么狼似乎不太可能留下任何足迹，唯独有根树枝落下了少许霜花，有片蕨丛的复叶弯得不太自然。对托瑞克而言，他根本不需多想就能轻易追踪到狼。他的踪迹显示他往南走，从山谷侧边上去，然后下山进入旁边那座山谷：那是一座崖面陡峭、处处岩石的峡谷。

托瑞克立刻认出了那个地方：那正是急水所在的山谷。小时候，他和父亲常在初夏时分到那里扎营，采集编绳用的柳橙树皮。

现在河水全都冻结成冰，但三年前，它却是水流湍急。托瑞克想起了那块状似一头沉睡野牛的红色石头，他曾在石头底下发现了一窝躺在泥巴堆里溺死的狼，以及一只又瘦又湿、不断发抖的小狼。

他越过结冰的河面，开始往上爬。

他尽量保持安静。

一支缠着蔓草的箭"咻"地射向野牛石上方十步左右的一棵桦树，箭是朝着东方的高山射出的。

托瑞克屏住呼吸爬过去。他检视箭上的羽毛，不敢伸手去碰。是父亲的箭。

仿佛父亲真的开口说话似的，托瑞克在心里听到父亲的声音：**救我，让我的灵魂自由**。

也许芬·肯丁说对了，也许欧丝特拉是在利用父亲的箭，但托瑞克却忘不了那迷了路在暗夜里呼喊的灵魂。如果欧丝特拉打算召唤他到她山上的巢窟，那么这不也正是父亲的目的。

然而，若是他照着这支箭的要求往东走，他便得放下狼不管。

托瑞克犹豫地站在原地，手套里是两枚紧握的拳头。究竟他是该顺着亡者的指示走？还是该去寻找生者？

他知道芬·肯丁会怎么做。

他面向无形的高山仰起头来。"你想拆散我和我的狼兄弟，"他对着鹰鸮族巫师放声怒吼，"哼！你是不可能得逞的，我不会让你得逞的。"

他转身背对父亲的箭，开始往南走。

去找狼。

# 第七节

随着芬·肯丁北上，天气愈来愈严寒。

昨晚，月亮周围出现了一轮光晕，闪烁不停的星光也是他极少见过的景象。暴风雨就要来了，氏族应该早都扎好营，他也该这么做才对。

他来到野猪族营地，越过落石河，朝着奔水山谷前进。他现在离风河已不到一天的路程，厉鬼附身的熊出没时，乌鸦族曾在那里扎营。他想起芮恩和她哥哥带回两个俘虏的那一天：一只装在鹿皮袋里扭动不停的小狼和一个全身和着泥水、狂怒暴烈的男孩……

奔水还在结了冰的两岸中间滔滔发响，然而森林却已极不寻常地落入沉静的等待。除了几只落后孤单的天鹅往南飞去，芬·肯丁发现他一整天下来连只鸟都没看见。

而且也没有人。冷霜消灭了灰蛾，但得了影子病的人仍活在恐惧中，又将他们的恐惧传染给了别人。大多数人都待在营地附近，除非饿得受不了，才会冒险进入森林。

所以能遇见几个蛇族的猎人算是幸运了：他们总共是三个成年男人和一个男孩，正赶着西行回到自己氏族的营地。他们抓了两只松鼠和三只斑尾林鸽，猎获虽不算多，他们仍热情地邀请芬·肯丁过来和他们一起享用。

"天气要变糟了，"其中一个说，"单独待在森林里很危险。"出于尊重，他没直接问乌鸦族领袖何以离开自己的氏族那么远。

芬·肯丁婉拒了他们的好意，没多理会那个没说出口的问题，他只是向他们说起了氏族大会的事情。

"乌鸦族已经动身，而且在我经过野猪族营地时也跟他们说了，这会儿他们应该已经出发，杜伦安也已通知了森林深处。赶快回到你们族里，告诉你们领袖，只要氏族聚合在一起，力量就不会被削弱，就算是对付欧丝特拉也没问题。"

看他居然敢大声说出她的名字，他们个个都打起了精神，只是刚才说话的那个猎人却一把揪住芬·肯丁的手说："跟我们一起走吧，芬·肯丁，我们需要你，你不能在这个时候离开我们。"

"还有其他人会领导大家的。"芬·肯丁说,"我必须去找一个能消灭食魂者的人,那个人知道深藏在地底下的黑暗之地。"

"谁啊?你打算去哪里?"

"北方。"芬·肯丁只回答了这两个字。

他们还来不及再问下去,他已再度上路。时间对他很不利,要找到那个人,他不得不仰赖多年前知道的一些事情。

只走了一会儿,刚才的男孩追了上来。"我父亲要我把这个给您。"他喘着气,举起拎着松鼠的手。

芬·肯丁向他道谢,要他留着自己用,男孩害羞地瞄了他一眼。"我可以跟您一起去吗?往北方这一带的地形我很熟,我可以给您带路。"

乌鸦族领袖忍着没笑出来,在男孩还没出生的时候,他就已经在森林这一带四处打猎了。

他大约十二岁大,手脚灵活,看起来聪明机警,有点像托瑞克在那个年纪的模样。"他们说您去过的地方多得没人能比,"他放大胆子继续说,"到极北、海豹岛,还有高山区,我真的不能一起去吗?"

"不行,"芬·肯丁说,"回你父亲那里去吧!"

芬·肯丁看着男孩拖着大步缓缓离开,不禁警觉起来。男孩的靴底嘎吱作响,脆脆怪怪的声音十分尖锐地回响在森林里,还有雪地也不对劲,看起来有一点绿。

芬·肯丁紧紧握住手杖,难怪森林会这般全神戒备。

"叫你父亲加快速度,"他大声对男孩说,"快回营地,能多快就多快。"

男孩转身,"我知道!暴风雪快来了!"

"不!更糟!**是冰风暴**!快去告诉你父亲!快跑!"

芬·肯丁看着男孩离开,确定他安全返回族人身边,才开始找地方扎营。

他一边行动,一边向"世界灵"祈求,无论芮恩和托瑞克现在身在何处——希望他们也都能看出征兆,找到掩护的地方。

# 第八节

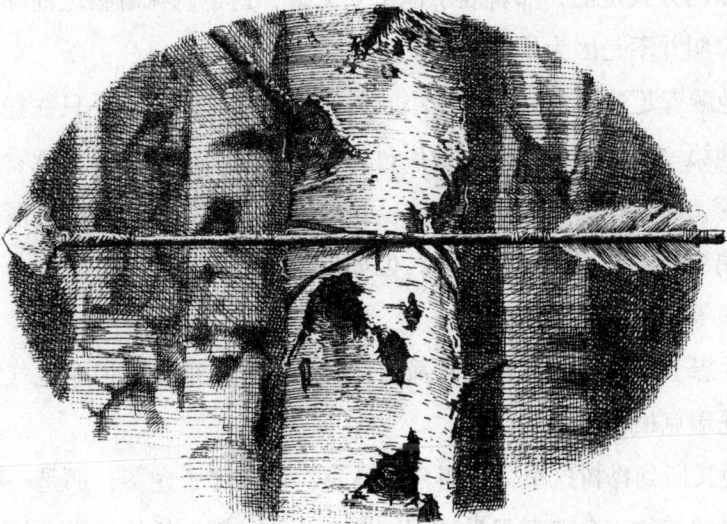

芮恩一醒过来，就有种不祥的预感，而且愈来愈强。

天气太冷了，冷到雪下不下来。昨晚，月亮周围还出现了一轮光晕。白狐族巫师坦内吉克曾告诉她，这表示月亮拉起了她毛皮外套上的围领，因为天气就要变糟了。

还有更糟的是，芮恩在夜里听见了狼的嗥叫，她以前从没听过他发出那样的声音。

马跳河开始结冰了，浅水的地方凝结出一个个一碰就碎的浅绿色漩涡。芮恩在一个小水湾里发现了碎裂的冰和一枚掌印，更往前是靴印，绝对错不了，一定是托瑞克。她傻住了，他先是往下游走，紧跟着却又原路返回，为什么？

只一会儿，她已来到休息地对岸，伸长了脖子往悬崖看。她发出嗥叫，却没见到狼出现在山边。她告诉自己，他八成是带小狼去探险了，但心中却愈来愈觉得不安。

当她发现托瑞克用来过河的那段松树树干时，她的心情又振奋起来。出乎她意料，这足迹很新，才刚走过不久，而且是用他平时那种跨大步的方式走的，那就表示他平安无事，这也意味着狼之前那一声声的嗥叫并不是因为他。

她顺着足迹，进入急水的小峡谷。她对这一带不熟，只在托瑞克提起他第一次遇到小狼时听他说过一些。往上走到一半时，她看到了一支箭，插在桦树上，指着东方。这究竟是怎么回事，照理这箭应该是托瑞克插上去留给她的暗号，但如果他真的希望她跟上来，为什么不干脆等她一下？

她想了想，没多查看那支箭，便匆匆继续往前走，但令她气馁的是，托瑞克根本没走这条路。

她又回到桦树这里，累得停下休息。箭上绑了龙葵，那是一种能毒死人的植物，食魂者很爱使用，尤其是舍丝露，她的母亲。托瑞克不可能会用这种东西，这不是他留的暗号，箭也不是他的。

一阵狂风吹起她的帽子，她冷得浑身发抖。刚才追踪的时候就起

风了，天色也怪异地变暗，暴风就要来了，她该立刻扎营才是。

但这么一来势必会落后更多。

她压制住内心的恐慌，决定对刚才发现的事置之不理，继续往前走。

风势持续增强，她发现托瑞克的足迹，一路跟着走进旁边那座山谷。她在一棵警戒的大冬青树下休息，愈来愈觉得不太对劲。才过中午没多久，怎么天色却像黄昏时那般黑暗，雪也浮现出一种怪异的绿色，而且一整天下来，她完全没看见任何一种生灵。

芬·肯丁一定早在之前就停下来了。"生存首要法则，"他曾这么告诉她，"绝对不要拖延到连扎营都来不及。"

刚好这里很适合扎营：有一小块空地，又在冬青树旁边，虽然离河有一点远。

芮恩噘起了嘴。"托瑞克？"她放声喊起来，"托瑞克！"

她生气地把行李一丢。他为什么不等她就走了？她为什么始终追不上？

这会儿她又停了下来，她知道自己没多少时间了。

好了，芮恩，你知道该怎么办的。首先是火，趁现在把火生起，以免待会儿累得没力气劈柴，生起火了就可依着营火把帐篷搭起来。在你袋子里有很多火种，而且还包在你的背心里暖着，再加上你还有很多包在树皮卷里闷烧的马蹄菇，所以打火这事绝不会搞砸的。

最好的状况也就只这样了。树木萧瑟地悲吟，狂风拉扯她的衣服，迫使树枝打她的脸。它故意害她，它要她失败。

她咬紧牙根，把火生起，使劲抽出腰上的斧头。接下来该搭营帐了。把树苗弄弯，用柳枝固定起来，帐顶记得留个烟孔，帐身要长且低才经得住风吹雨打，树苗的顶部要砍下来，以免被风吹来吹去。抱歉了树灵，看来您得再找个新居所了。用云杉枝填满侧边，用蕨丛塞住缝隙，再用一些树苗把营帐压低，能多少就多少。

尽管天气寒冷，她却挥汗如雨，太多工作等着完成了。在狂风中拼命挣扎的树林不时嘎吱作响，声音听起来充满恐惧。

她顶着强风，用榛木和云杉枝编了一扇粗陋的门，赶紧钻了进去，没忘记把一些木柴和云杉枝拖进营帐以便生火和铺床。营帐里满是烟雾，烟雾紧贴地面不断打旋，害怕得不想离开。芮恩边咳嗽边把门关上，烟孔把薄雾吸往上方，营帐里的空气总算流通了。

她搭了个可容纳两个人的营帐，因为她担心万一托瑞克来了，营帐不够用。但此刻她终于明白这全是她的幻想，托瑞克早走得远远的了。

"水。"她拉高音量以赶走恐惧。这里离河岸太远了，所以她只能找些雪来融成水。她使劲把毛皮外套和背心拉到头上脱开，然后用背心的饰带绑紧领口和袖口，做成一个袋子，接着她把毛皮外套穿回去，钻出营帐，进入暴风的血盆大口。

风把吹落的树枝打到她身上，用冰针刺她的脸。她赶快把雪塞进背心袋子，钻回营帐里。她用备用的弓弦把装了雪的袋子挂在支撑营帐的树苗上，然后在底下放了个桦树皮做的水桶，接滴下来的雪水。

风发出高声尖叫，营帐抖个不停。突然间，"世界灵"戳开云层，叮叮咚咚地下起了冰雹。芮恩紧抱膝盖，替托瑞克和狼祈祷。

帐篷突然砰的一声摇了一下。

她吓了一跳，那并不是树枝。

她戴上帽子，打开一道门缝，悄悄往外看。

冰雹打在了她的脸上。

只是那好像并不是冰雹，她心想，那应该是雨——不管落下什么东西都变成冰的雨。

她的脸被打得揪成一团，她看见雨纷纷打在细枝、枝干、树干上，瞬间结成冰，把所有被它打到的事物全囚禁在厚重的冰牢里。粗大的树枝被压得低低的，她的衣服上也全都是冰。

她探手去找掉在营帐上的东西，不久手套就碰到了一团摸起来不像是树枝的东西，她用力捏了一下。

那团东西粗声抗议起来。

蕊的翅膀结满了冰，但一被芮恩带进营帐拍了拍羽毛，就又渐渐恢复了体温。

它害怕地抖个不停，畏怯地缩在芮恩怀里。芮恩仔细望着它深邃的双眼，从它的目光中，她感觉它的恐惧不完全是暴风的缘故。到底蕊是从哪里飞过来的？托瑞克又在哪里？

一声响雷在天空裂开，森林发出了怒吼，芮恩从不曾听过森林这样。她听见震耳欲聋的爆裂声，以及巨大刺耳的撞击声。

然后，她清楚地听到了一个声音出现在暴风中。她侧着耳朵努力地听，那是——怎么好像是托瑞克在喊她的名字？

除非她疯了才会再出营帐。

可是——万一，那真的是托瑞克在求援呢？

她匆匆从火里抓起一根树枝。

暴风狂怒地打在她身上，饱受攻击的森林一片惨况。她看见树疯了似的左摇右晃，拼命地想脱开冰层的束缚。树枝纷纷坠落，一棵松树着了火似的啪一声断裂，就连硕大的冬青树树枝，也都被弯得不能再低，随时可能折成两半。

"托瑞克！"芮恩放声大喊。冰雹仿佛撕叶子那般地撕开了他的名字。"托瑞克！"

希望落空了。

一道电光闪过，冬青树那里出现了一张凝神望着她的脸。头发结成了冰柱，眼里闪动着怨咒。

芮恩尖叫一声。

雷声轰轰响起。

托卡若思跳起来，消失在黑暗中。

冬青树发出一声哀鸣，裂成两半。

芮恩赶紧逃开，却差了那么一瞬间。冬青树的一根主枝打中了她的小腿，把她压在地上不能动弹。

她拼了命地想挣脱，但这棵树硬是把她紧扣在那里。斧头被她放在营帐里，她只好拿刀对着树枝乱劈乱砍。树硬得像花岗石一样，刀刃毫不管用，她疯狂地用手挖着脚下的土，全冻得硬掉了。

冰已重重压在她身上，将她的生命一点一滴吸干。

"托瑞克！"她放声大喊，"狼！"

风很快就把她的声音埋入了暗夜。

# 第九节

托瑞克所在的这座山丘堆满了被洪水冲毁的树木，乱糟糟的十分危险。

过了这么久，他还是找不到他狼兄弟的踪迹，如今，他甚至下不了山。他猜狼应该很轻松就可以跃过那些木头，但如果他这么做的话，恐怕会让木头一发不可收拾地滚落山下。

"笨蛋。"他喃喃地说。不久之前，他曾走过一个很适合扎营的地方，那儿很平坦，旁边又有棵巨大的冬青树，但他全神贯注只想着找狼，竟视而不见。奇怪的是，他好像当时就知道这么做是不对的，可他还是这么做了。

狂风撕破他的帽子，又用树枝连番攻击他，树木怒吼着警告：**去找掩护，快！**

瑞砰一声重落在他肩上，压得他晃了一下。

咯！乌鸦大叫了一声。它看起来很狼狈，托瑞克很想知道它和蕊究竟追那只鹰鸮追了多远。

乌鸦振起翅膀，往山上飞去。

那是托瑞克之前走过的地方，也许瑞是希望他在还有机会的时候，回到之前经过的那块营地。

**咯！跟上来！**

托瑞克跟了上去。

天色不是很亮，放眼望去几乎什么也看不见。他撞到一丛灌木，隐约看见瑞的白羽，接着冰雹就从云层中狂落而下。

只是那好像并不是冰雹，他一边跑一边想，这是冻雨。托瑞克，你陷在一场冰风暴里了！

他压低身体，忍耐着继续往上跑，但他不能再往前了，他得先找个大石头底下的洞穴，什么都好，然后等风暴过去。

幸好瑞栖在那上头，要不他恐怕不会发现那座营帐。

营帐？托瑞克简直不敢相信，原来他已走到那片平地，虽然这里看起来和先前不太一样：之前的那棵冬青树现在已倒落在地，而且之前这里并没有营帐，他很确定。

一道电光照亮了那扇用枝条编织的门，门用石头压住了，他用力把门推开，让瑞先进去，自己跟在后面。

他关上门，风的尖声稍稍减弱了些，但打在帐面上的冰却几乎盖住了所有声音。营帐里空空的没有人，但由营火看来，搭营帐的这个人应该离这儿不远，而且她十分清楚自己该做些什么。托瑞克拍掉衣服上的冰，看到营火架在柴枝台上，避开了冰冷的泥土，又看到营火旁围了一圈石头，避免火窜出来。木柴一根根地整齐排列，箭袋和弓高挂起来晾干，且很小心地避免离火太近，还有一口装了雪的袋子，临时用背心做的，朝着半满的水桶滴着融雪的水。

瑞急切地啄了啄睡袋，睡袋动了一下，蕊探头往外看，两只乌鸦立刻互啄鸟嘴咯咯问候起来。托瑞克大吃一惊，怎么蕊会在这里？

那把弓，那件背心。

**芮恩。**

这是她搭的营帐，箭袋是她的，箭也是她的，那边还掉了些她喂蕊吃的鲑鱼饼碎屑。因为是芮恩，所以她知道要用斧头压住食物袋，提防乌鸦吃掉她剩下的食物。

她把武器留在这里，那就表示她不可能离这儿太远。

他心里渐渐害怕起来，冬天时，你根本不必跑太远，就可能丧生在暴风中。每个氏族都有过这样的事情：迷失在暴风雪中的人，没多久，冻僵的尸体就在离营地仅几步的地方被人发现。

柴堆旁，芮恩放了几个残根准备用来当火把，托瑞克塞了一根到灰烬里点火，然后让乌鸦和行李留在营帐，自己则带着斧头，毅然走向外头的暴风。

"芮恩！"他放声大叫。

他其实曾经经过她旁边，结果却没听到她的声音。

他开始四处搜寻，树枝不断朝他飞落。他弯下身子保护自己，绕了营帐一圈。他的火把灭了，勉强只能看到前面一步远的地方。

他又绕了一圈，扩大搜寻，还是一无所获。

在他绕走第三次时，电光在倒落的冬青树上闪了一下，他看到树枝间闪着一抹红。

他立刻往地上一跪，拼了命地揪扯那些树枝。

"芮恩！"

第十节

芮恩似乎没了气息，她闭着眼睛，嘴唇泛蓝。托瑞克把她带回营帐，当他探手摸她喉咙，终于感觉到微弱的脉动。

他大声喊她的名字，她没回应，全身冷透心骨。如果他不能让她暖和起来，她必死无疑。

她的衣服硬梆梆地结满了冰，托瑞克把她的毛皮外套拉上来，然后迅速脱下自己的外套和背心。他身上的鸭皮衣很暖和，他迅速帮她套上。他拉下她的外绑腿，让她睡进她的睡袋里。他察看她苍白且冻伤了的脸和手脚，完全不见一点动静。

他用一根柴枝，从营火边勾出一颗烧热的石头，用他的空水袋裹住，然后他钻进她的睡袋，把水袋放在她的肚子上。再然后，他把自己的睡袋展开，披在她肩上，同时按摩她的背部，希望她快点醒来。

她的眼皮闪了一下，她看着他，没认出他来。

他往水桶里又扔了颗热石头，蒸气瞬间嘶嘶升腾。他把药袋里的东西全倒出来，拿了些绣线菊干丢进水桶里。他把这蒸茶酿倒了些到他杯里，然后扶着芮恩的头，在她唇间沾了几滴。她喷了出来，他又再灌了一点，她开始发抖，他不像先前那么担心了，发抖是好事。

营帐很低，而且有点挤。他不得不弓着背，用一只手环抱着她。就在他喂她喝了茶酿之后，她脸上渐渐有了血色，嘴唇也不再是那种可怕的蓝。她看着他，这会儿，她终于知道他是谁了。

"你不会有事的。"他告诉她。他必须说得很大声，让它听起来像真的一样。她望着他的头带。"你找到我。"她抿着嘴含糊地说。

"是你搭了这座营帐，瑞带我来的。"

一听到自己的名字，乌鸦伸长了脖子，梳了梳颈毛。

托瑞克尽可能地把他们毛皮外套上的冰屑刮掉，把芮恩那件放在火边烘干，然后把自己这件穿上，外套贴着他的皮肤，冰凉凉地不怎么舒服，接着他拿出一些鲑鱼饼分着吃。

芮恩剥下边角给乌鸦，郑重地感谢瑞带领托瑞克来找她，然后她开始吃了起来，双手紧紧握着饼，好像一只松鼠。她坐直了身子，托

瑞克背心的袖套啪地掉在她手上，她的脸红了，头发也是一团火红。托瑞克知道，他若要保暖，就得靠她近一点。

火势变小了，他又再加了些木柴。营帐外，冰风暴正残暴地摧毁森林。他不禁浑身发颤，这场暴风差点就要了芮恩的命，它差点就要了芮恩的命。

他跟她说他很抱歉他先前这样自行离开，她回给他一个表情，他却猜不透那意味着什么。后来，她把他离开之后的情况说给他听：关于影子病，以及芬·肯丁神秘的行程；托瑞克也连忙把鹰鹗攻击的事，以及"深色"、"影子"、"小圆石"的死讯告诉她。

芮恩惊讶地半天没说话。"它们三个？"她终于开口问。

他点点头。"我不知道狼能不能受得了。"

"它们三个。"芮恩又说了一次。

但她身为芬·肯丁的血亲并非徒有虚名，托瑞克也看出她似乎已发现了什么端倪。"这只鹰鹗，"她说，"它一定有什么地方不正常。"

"我看过它的眼睛，那双眼很空洞。"

"那就不是厉鬼。"

"我也觉得不是。"

"我在想欧丝特拉这么做的目的是什么，"她的语调就像是某个巫师在分析别的巫师的伎俩，还有她恢复的速度也令托瑞克赞叹不已。"你说它往南飞？"她问。

"对，它带走了'小圆石'，我想它的目的是想把狼引过去。如果他还活着的话，他应该还在外面顶着暴风追踪。"

芮恩和他四目相对，现在的她不再是巫师，而是一个少女。"他一定还活着，"她说，"狼知道怎么照顾自己。"

托瑞克没回话，他在心中听到他狼兄弟的声声嗥叫，狼从不曾有过这样的声音，仿佛不在乎自己是生或是死。

托瑞克蜷缩在营火闪灭的黑暗中，觉得自己在这怒吼的天气和暴风中，听到了狂烈的笑声。"这场风暴，"他说，"是欧丝特拉送出来的，是她吧？"

芮恩锐利的目光闪了一下。"她利用冰掌控了整座森林。"

他们一起听着树木倒落的声音。

"在你离开之后，"芮恩说，"她送出了征兆。"

"我想我看到了一个。钉锥形，像是只鸟，凿进紫杉里。"

芮恩犹豫地停了一下，他感觉得出，她已在心里决定哪些事要告诉他，哪些事保留不说。她说："这个征兆表示，欧丝特拉已在幽魂山筑巢了。"

幽魂山。托瑞克从没听过这个地方，但这名字令他打骨子里发冷。

"芬·肯丁告诉我，那里是高山氏族的圣地。"芮恩接着又说，"他说如果我们能找着他们，他们也许可以帮我们找到这座山。"

托瑞克一边听她说话，一边自个儿在心里想：应该会有洞穴才对。像石子落入水中一般，先前几次经验浮现在他心上，之前他曾二度进入洞里冒险，一次是在厉鬼附身的熊出没的时候，他要去找石牙；另一次是到极北去救狼。这两次，行者都曾给过他警告。"一旦你进去了，"老人曾这么说，"就永远不再是完整的。"行者虽然疯疯癫癫的，但有时他会闪现智慧的火光，他的警告暗藏着力量。托瑞克突然有个不祥的预感，倘若他没把他的话放在心上，倘若他又进到洞里冒险，他恐怕会永远卡在大地的口中再也出不来。

芮恩呼喊他的名字，他的心神回到营帐里。"你没事吧？"她说。

"没事。"他说了谎。

她握住他的手，她的手指很细很暖和，他从中得到力量。

"托瑞克，"她说，"我不知道欧丝特拉在高山上打算做什么，但我知道，她想拆散你、我和狼，她要你落单，她不会得逞的。"

在这冰风暴攻击森林的同时，他们肩并肩坐在一起。芮恩睡着了，但托瑞克仍保持着清醒。目前，他和芮恩都平安无事，但狼却不见得。托瑞克觉得他们之间的联系在这个夜里显得像是一根纤弱的丝线，他觉得欧丝特拉正伸出她的冰手，打算将这根线一举切断。

# 第十一节

冰对森林痛下毒手，它把树压倒，把鸟从天空中丢下来，它也用冰冻的脚爪对狼发动攻击。

随便了，发生什么事他都不在乎。

狼没日没夜地一直跑，跟着鹰鸮的气味，试着捕捉小狼一丁点的哭声。什么都没有，冰破坏了最后一线希望。

他来到一座松树不断怒吼的山丘，那里有块巨石，底下暗藏了个小洞穴。他甚至没停下来闻一闻里头有没有熊，就直接跑进去，倒在一堆碎骨和猛兽吃剩的残骸里。

他知道"无尾高个子"在找他，但即使想到他的狼兄弟，他还是提不起劲。"深色"和小狼都走了，狼好想跟它们在一起，可是它们已经没有了呼吸。他不明白怎么会这样，"深色"和小狼都……没有了。

狼猛然闭上眼睛，他真希望自己也可以没有了。

手手

寂静让托瑞克醒过来。

他觉得好冷，火都快灭了，营帐也几乎塌到他头上。他的呼吸在寂静中显得很大声，脸上结了霜。

门被冰冻住，他用力把门砍开，把芮恩叫醒，她坐直身子，托瑞克提醒她有状况，用力敲了敲她的头。

托瑞克顶着寒冷，钻出营帐，在刺眼的强光中，森林已整个变成了冰。

暴风肆虐下，再没有一棵树是完整的，残存的一切全都成了发亮的冰锥。被夷平的小树林，成了一座座奇形怪状的坟冢，树木、树枝、树叶，无一不被困在欧丝特拉的冰牢里。

托瑞克慢慢起身，他试着往前走几步，靴底下的冰硬得跟石头一样，寒气逼人，冻得他的鼻子简直快掉了。这股强光像把刀似地插在他的头上，不管他走到哪里，破败的树都闪着晶光，碎裂的森林竟拥

有一种悲哀的美。

"你能感觉到它们的灵魂吗？"芮恩在他身后说。

他点点头，空气随着正在寻找新家的死去树灵一波波颤抖起来。

"它们进不到树苗里，"芮恩说，"冰把它们挡在外面。"

"那它们怎么办？"

"我不知道，只能希望天气快点暖和起来，把冰融了。"

托瑞克觉得不太可能，一股死沉沉、不起风的寒气落在大地上，欧丝特拉的手。

他把掌心搁在眉上遮光，看见下方的山坡上有头小驯鹿。它被这个说变就变的新世界吓得不知所措，细瘦的腿走起路来摇摇晃晃的，它的母亲饿得想找地衣吃，锐利的前蹄朝地上拼命地敲，却怎么也敲不开。

托瑞克想起了洞里结冰的旅鼠，想起了躲在密闭窝巢里的海狸。

他想起了狼。

瑞和蕊飞出营帐，栖在粗大的枝干上，叮叮当当从身上抖落一堆碎屑，响声回荡了很久，才逐渐消失。

芮恩大喊托瑞克的名字，尖锐的声音十分惊恐。

她蹲在十步外一块巨石的下风处，对着一棵倒在石上的云杉，凝神看着它纠结的树枝。托瑞克一走过去，她立刻警告他退后。"等等，别看——"

他侧过肩将她推开，看见树枝间有一撮顶端带黑的灰毛，是狼的毛。

芮恩拉住他的手，他一把将她甩开。他拼命揪扯那些树枝，疯了似地伸手去够——一心想够到死在冰层底下的那个东西。

芮恩悄悄绕过他，粗略猜到了是怎么回事。

此刻，托瑞克的眼里就只剩下岩石底下那一撮狼毛。

芮恩的声音从远处传来。"不是狼。"

她慢慢走过来，手套里拎着一条狼皮。

它大约一个手掌宽，卷起来、被冻得硬梆梆的。"它被绑在一根很明显的柱子上，"她说，"目的就是要我们发现它。这块皮鞣过，边缘还有缝针的钻孔，看起来像是从某个人的氏族毛皮上割下来的。"

"没错，"托瑞克接下她手中的皮，试着把皮展开。结冻的毛皮裂了开来，有个东西掉出来。托瑞克捡起那枚小小的海豹护身符，顿感天旋地转。他认得那颗光溜溜的头绕转的角度，他常常数算着鳍上的小爪子。他说："这是我父亲的。"

芮恩呆望着他。

"他的母亲是海豹族人，他一直都把这戴在身上。"他试着吞了一口口水，"这是他留下的暗号，他一直求我去帮他，结果我为了找狼，没去管他。"

"你是该这么做没错，"芮恩说，"狼需要你。"

"我竟然扔下爸爸不管，难怪他留了这个给我。"

"不对，"她冷冷地说，"这是托卡若思留下来的。"

"你又知道了！"他大吼地说，"那你是怎么知道的？"

"我是不知道，还不能确定就是，但我至少知道，欧丝特拉派出她的托卡若思、鹰鸮，还有冰风暴，目的就是要把我们分开，但她失败了，而且还会继续失败，她永远都不可能把我们和狼分开的。"

"那爸爸呢？"他质问她，"爸爸怎么办？"

她转身面对毁灭的森林，继而转回面向他。"那也许并不是他。"

"但如果是呢？接下来该怎么做？"

"如果是，"她语气坚定地说，"你还是应该跟着狼走，因为狼还活着。你父亲已经死了，你不可以和亡者有任何往来。"

托瑞克怒眼望着她，但她毫不退缩。

"他已经死了，托瑞克，无论怎么做，都不可能让他死而复生。狼更需要你。"

他们在愤怒的安静中回到营帐，同时尽可能地捡拾木柴，带回营帐。芮恩把鹿皮撕成长条，做成遮挡寒光的面具。托瑞克检查了一下他们的粮食：一袋榛果、几袋鲑鱼饼、马肉干，以及越橘。他想去拿父亲的氏族毛皮，但芮恩摇了摇头。"不行，托瑞克，你不可以去拿亡者的东西。"

他总算听话了，但决定要留着那枚海豹护身符。她看着他的脸，没多说什么，只提醒他一定要先用花楸树皮把护身符包起来，然后才可以放进他的药罐里。

他感觉得出来，她很想改善他们的关系，但他就是偏着脾气什么都不说。她从不曾听过他父亲的灵魂在夜里的呼唤，她怎么可能懂？

冰风暴使得追踪毫无希望可言，但在这场风暴的前一天，狼是朝南方去的，于是他们便往南走。

事实证明，这真的很难。冰是雪的坏姐姐，只要他们试图穿越结冰的枝干，就会有碎冰落下来打他们的眼睛。他们因此跌倒，但当他们倒在地上，冰又继续折磨他们，不久他们便遍体鳞伤。

偶尔，托瑞克会停下来发出嗥叫。**我在找你，狼兄弟**！然后森林便原封不动地把他的嗥声传送回来。

终于，他们走到结冰的河边。托瑞克看见一只被困在芦苇丛中死掉的绿头鸭，鲜艳的绿色鸭头被包覆在透明的冰壳里。他把双手掩在唇边，发出嗥叫。

没有回应。

河面滑溜溜的，他们得跪下来，手脚并用地爬过去。但好不容易到了对岸，他们却发现前路被一棵榉树挡住了，过不去，他们没别的选择，只好朝上游走。

托瑞克不断嗥叫，叫得嗓子都哑了。

"别停下来。"芮恩说，"他会听见，他一定会回应你的。"

　　但是狼没回应，托瑞克好害怕他永远都不回应了。这里是红水谷，他的父亲就是在这里被厉鬼附身的熊害死的。也许，狼以前在这里也曾跟死亡擦身而过。

　　下午过去了一半，树木愈来愈少，一阵刺骨的寒风吹得树叶喀嚓喀嚓吵个不停。这阵风是从石山吹下来的，他们几乎来到森林边缘。

　　他们走到一丛被压得乱七八糟的松树和一块巨石边，巨石那儿垂挂着许多比长矛还长的冰柱。

　　就在巨石底下，他们找到了狼。

# 第十二节

狼还活着，但已奄奄一息。

冰把他的毛皮冻结成块，呼出来的气在口鼻上结了一层白霜。托瑞克拿起斧头一挥，巨石上的冰柱啪啦啪啦落了下来。狼睁开眼睛，芮恩震住了，他的眼光呆滞无神，当他望着他的狼兄弟，眼里毫无光彩。

芮恩看着托瑞克缓缓爬进洞里，来到狼的身边，他望着他，轻抚他，对他发出低鸣，试图让他安心，但狼的尾巴连动都不动。

"我们得让他暖和一点。"托瑞克说，用手扒开狼毛皮上的冰。

"我来点火，"芮恩说，"你在旁边搭个营帐。"

他们安静地开始动手，托瑞克拖来了几棵倒落的树苗，凿去上头的冰，把树苗靠在巨石上，把这地方围了起来。

芮恩勉强点了一团烟气腾腾的火，有了这股温暖，狼的毛皮开始冒出热气，然而他的眼里始终无精打采，琥珀色的光芒都消失了。

芮恩放了一块鲑鱼饼在他嘴边，他不为所动，她担心地又拿出了几枚越橘干，希望能打动他，但他还是不为所动。瑞和蕊悄悄靠近，偷走了一些，他连胡子都没动一下。

"感谢'世界灵'让我们及时找到他。"托瑞克拉上了身后的门。"只要身体暖和了，他一定会好起来的。"

芮恩噘了噘嘴。"把你的药罐给我，我来做一个治疗仪式。"

她在托瑞克的注视下，倒了些红土到手里，抹在狼的额上，喃喃念起咒语。

"他马上就会好起来的，"托瑞克说，"对不对？芮恩。"

她没回话。悲伤让狼的病侵入了灵魂，这样是会丧命的。

月亮升起时，他们钻进睡袋里。托瑞克伸出一只手放在狼身上，希望能借此给他安慰，狼以前也是这样地陪在他身边给他安慰。狼的尾巴偶尔懒洋洋地动了几下，但芮恩看得出来，他渐渐地放弃了。

第二天天亮，天空里满是冰光，看来冰仍没开始融。营帐里渐渐亮了起来，芮恩惊恐地发现，狼丝毫没有好转。

托瑞克也发现了，但什么也没说，芮恩猜他正凝想着失去了狼如地狱般的未来。

由于担心粮食不够，她说她想去设些陷阱，但托瑞克不想离开狼，她只好自己一个人去，她顾忌托卡若思，没敢走太远。回营帐后，她又把自己会的各种治疗仪式都试了一遍，狼还是连耳朵都不动一下，他什么都不在乎了。

"我已经把我会的都试过了。"最后芮恩开口这么说。

"一定还有什么方法的。"托瑞克说。

"也许有，但我不知道。"

"他现在的状况比起我们刚找到他时好多了，他那时连动都动不了，现在他体力都恢复了。"

"托瑞克，我们都很清楚发生了什么事。"

她在他的脸上看见了恐惧。

"可是他还有我们啊，"他不放弃地又说，"我们也是狼群的一分子。"

他说得并没有错，但单单靠这个力量是否就能让狼活下去，芮恩不知道。

黄昏时，她出去检查陷阱，她打猎的运气一向不错，这回也不例外。陷阱里有一只冻死的山兔。她告诉自己这是个好兆头，但在回去的路上，她看到了些踪迹，小小的，是人类，带有爪子。

回到营地，她发现托瑞克站在外面，念念有词地悄声祈祷着。一时之间她吓得以为狼死了，接着她看到一根绑上了一绺黑发的树枝，托瑞克正在把一部分的自己献给森林，换取狼的生命。

"托瑞克，"她平静地说，"你不能这么做。"她伸手解开奉献上的头发，托瑞克却用力拨开她的手。

"你在干什么？"他放声大吼，"这是要救狼的。"

"我知道，但想一想！你的头发里有你一部分的世界灵魂，托卡若思又在这附近出没，万一头发落入他们手中，谁知道他们会做出什么事情？"

他愤怒地没再说话，静静地看着她解开头发，把头发收进她的药袋。"你就是觉得狼死定了，对吧？"他说，故意把话说得像是她背叛了他们。

"如果他根本不想活下去，"她低声说，"那么不管什么符咒、什么祈祷、什么奉献都救不了他。"

托瑞克一气之下，转过身背向她。

她发着抖，难过地带着猎物走进营帐。她往火里放了些木柴，又摸了摸狼，交代瑞和蕊好好照顾狼，然后就走出去，在营地四周画上权力分界线，以免托卡若思靠近。

# 4

狼的情况芮恩全说中了，托瑞克为此对她愈来愈痛恨。

但是他真正痛恨的其实是狼兄弟遇到的事。他恨自己无力阻挡，他恨那只鹰鸮，他最打心眼里恨的，非欧丝特拉莫属。

他睡得很不稳，动不动就醒来，每次醒来都发现狼目不转睛地盯着火看。**我在这里，狼兄弟**，托瑞克对他说。

**我好想它们**。狼回答。

**我知道，我在这里。**

托瑞克将手指伸进狼兄弟温暖的胸毛里感觉他的心跳，他希望他的心跳就这样继续下去永远不要停。

托瑞克再一次醒来时，营帐落入了一片黑。狼不见了，芮恩不见了，只剩他一个人。

他起身行走，却感觉不到脚下的土地，他好冷，却感觉不到吹在脸上的风，听不到树木发出的嘎吱嘎吱声。眼前暗不见光，黑漆漆的连自己的手都看不见。

这并非心灵行走的状态，他并没有绞痛的感觉。这种状态其实更糟，他还是他，托瑞克，但有些东西却不见了。他的内在出现了一个

不断开裂的可怕的空洞。

"芮恩？狼？"他试着大喊，但声音却困缚在他的脑子里，找不到路出去，他一个人孤单地陷在虚无里。

"芮恩！"他尖声大叫，在无止境的黑暗中感到天旋地转。"狼！"

Ψ

狼吓得醒了过来。

他听到火的咆哮，而狼群姐妹却还在呼呼大睡，"无尾高个子"不见了。

狼简直担心透顶，"无尾高个子"虽然很聪明，可他的嗅觉和听觉实在不怎么灵光，而且在夜里，他就像只小狼般的脆弱。他转了转耳朵，听到营帐外的声音。他听到树木在冰底下发抖，田鼠乱扒乱找一心想从洞里钻出来。他听不到狼兄弟的声音，但他感觉得到"无尾高个子"很需要他。

狼悄悄从狼群姐妹身上跨过去，走出了营帐。饥饿使他变得虚弱，但也让他的感觉更加敏锐。

他抬起口鼻，在气味中嗅寻。他捕捉到了厉鬼的味道，顿时竖起颈毛。

狼小心翼翼，一步步悄无声息地走在易碎的冰面上。

"无尾高个子"就站在几个大步外一棵云杉树下，全身摇晃个不停。他的眼睛睁得大大的，但他根本什么也看不见，狼知道他其实还在睡梦中。

在"无尾高个子"上方的树丛里，有个影子动来动去。

狼猛然一跳，立刻把一切看得一清二楚。他看见无尾小厉鬼托卡若思正蹲在狼兄弟头顶的一根树枝上，他感觉到厉鬼的饥饿和仇恨，他看到厉鬼前掌握着大石爪，正准备发出攻击。

狼发出一声怒吼，飞一样地在冰上跑了起来。

# 4

不知什么撞了托瑞克一下，他立刻倒地。

他看到厉鬼眼里的光亮，以及一把闪烁的刀，然后狼——狼——就朝着托卡若思跳了过去，那东西慌乱地往树上爬，消失在黑暗中。

"你没事吧？"芮恩大叫一声，朝他跑了过去。

他一阵茫然，吃力地站了起来。托卡若思在树枝间逃窜，树枝劈啪爆裂，而狼，就像是月光下的一支银箭，飞快地追在后面。

托瑞克想跟上他，但他的膝盖竟直不起来。

"快回营帐！"芮恩催促地说。

"我得去帮狼。"

"你没穿毛皮外套，快进去，别冻着了！"

他们一回营帐，托瑞克才发现自己抖个不停，但他的颤抖却不是因为冷。"我——我怎么了？"

"你梦游了。"火光中，芮恩的脸苍白如灰。"我醒过来发现你不见了，于是我出去找，看见你站在权力分界线外面，你看着我的目光把我整个穿透，好恐怖。我看见托卡若思在树上，对准了你的头，然后狼不知从什么地方跑了出来，他救了你一命。"

托瑞克想起了跑去追厉鬼的狼。

"我猜是欧丝特拉让你梦游的。"芮恩说，扶着他躺下。

"用什么方法？"

"我不知道，不过我觉得她以前也做过这种事，在森林深处的时候，记得吗？"

托瑞克猛然闭上眼睛，但那让他再次进入黑暗，于是他又睁开了眼睛。"她为什么要这么做？"他虚弱地说。

"我想，"芮恩说，"她的目的是要你越过我用大地之血画出的界线，如此一来，她的托卡若思就有办法取你的性命。但为什么呢？"她寻思起来，"这样没道理啊！如果杀了你，你的力量就消失

了，这解释不合理，完全不合理。"

托瑞克把额头靠在膝上，芮恩伸出手背，摸了摸他的脸，问他感觉如何，他回答说没事，她问他梦游的时候有什么感觉，他说："很空，我陷在虚无里，迷路了。"

芮恩深吸了一口气，托瑞克问她这是怎么回事，她却什么也不说。他知道她有事瞒着他，他不在乎。狼救了他，这会儿狼正在外头，独自对付托卡若思。

# 4

厉鬼在灌木丛中消失了，狼嗅不到气味。他厌恶地抖了抖身子，转身快跑回营帐去。

冰啃咬着他的脚掌，而且他很饿、很虚弱，不过比起鹰鸮攻击事件发生后的他，现在好多了，他把他的尾巴高高举起，他从厉鬼手中救了他的狼兄弟，这就是他活着的目的。

快到营帐时，乌鸦飞扑下来，对着他呱呱叫个不停，他以虚弱的步子飞跃起来，赶走它们。乌鸦虽然陪着狼群一起，但却不属于狼群，它们应该乖乖待在自己的地方。

狼群姐妹从营帐走出来，用无尾的语言说了些好惊讶之类的话，然后立刻弯身进去，接着又出来，前掌装满了那些又小又扁没有眼睛的鲑鱼。狼一口气吃了好多，觉得精神好了很多。他舔得她掌中的残渣一点不剩，这时"无尾高个子"从营帐里出来了，"无尾高个子"一看见狼，立刻站住不动。狼呜咽地轻声一哼，朝着他的狼兄弟扑了过去，两兄弟抱着滚成一团，低声吠叫，在彼此美妙的气味中摩蹭口鼻。

太阳升起来了，在森林里洒下一片亮光，狼觉得这一切很好。"深色"和小狼走了，他会永远想念它们，但他也明白，他是再也无法和它们相聚了。"无尾高个子"和狼群姐妹也是狼群的一分子，他们很需要他。

狼是不会遗弃他的狼群的。

# 第十三节

小狼完全不明白发生了什么事。

它怎么会来到这座离休息地那么遥远的空旷山边呢？**狼群去哪儿了？**

它记得乌鸦呱呱叫个不停，还有可怕的鹰鸮一直攻击它的母亲。它躲在杜松灌木丛下看它们打斗：它的母亲跳起来想咬鹰鸮，巨大的鹰鸮伸出爪子猛烈回攻，然后它的母亲就不见了，它的父亲又和鹰鸮对打，接着"无尾高个子"就大吼着叫自己躲好别动，但是它做不到，它逃了出去，一双利爪突然出现，咬住它的侧腹，然后它就感觉不到地面，飞了起来。

它不断挣扎、哭叫，可是谁也听不到它的声音。可怕的鹰鸮带着它愈飞愈高，它的父亲和"无尾高个子"渐渐缩小成两个黑点，就连乌鸦也追不上，然后森林就消失了，只剩下白白的一大片，上面零星散布着一根根看起来像树的东西。

小狼恐慌地呜呜哼叫。

鹰鸮一直飞一直飞，接下来小狼就听到了愤怒的呱声，乌鸦从上方俯冲而下，围住鹰鸮，弄得鹰鸮不断旋转改变方向。小狼本来想咬它的脚，可惜它够不到。乌鸦一次又一次攻击，突然间鹰鸮就松开爪子，小狼掉了下来。

它扑通一声落进雪里，冷得不停发抖，又怕得不敢乱动。

确定没事之后，它才吃力地直起身体，抬起头，伸了伸脖子。

可怕的鹰鸮不见了。

其他东西也一样，乌鸦不见了，森林不见了，狼群不见了，只剩下风和白白的一片。

小狼挖开雪爬了出来，不知所措地往山上走，试着嗅出什么气味，它以前看过父亲这么做。它的侧腹受了伤，腿一直发抖，它饿坏了，而且好怕、好怕。它伸出口鼻，嗥叫起来。

谁也没出现。

小狼吃了些雪，肚子是填满了，但就是赶不走饥饿的感觉。

它疲惫地沿着山坡一直走，突然一阵风刮起，天渐渐暗了。它先是觉得爪子紧紧的很奇怪，接着便感觉到山丘、雪，甚至连天空，它们全都在等着，等着某个很不好的事情。

它来到山坡边一小丛盘根错节的柳树，它们让它想起了休息地，于是它决定待在那附近。

它往四周嗅了嗅，发现一个像是洞穴的地方，那里飘出一股特别，但它想不出是什么的味道。

就在这时，不知什么打在它的鼻子上，它惨叫一声，往后一跳，然后不知什么又打中了它的屁股，接着就连续不断朝它身上到处打，打它的背、它的耳朵、它的脚掌。东西是从天上掉下来的，它抬起头，掉落的东西正中它的眼睛，它拔腿赶快往柳树底下跑。

啪嗒啪嗒渐渐变成了轰隆轰隆。冻雨从天上发出怒吼，把树枝折断，朝小狼猛捶。

**洞穴，快进到洞穴里。**

它一鼓作气，冲了过去。

哈！进了这里，冰冷的东西就打不到它了！它听到它在咆哮，因为打不到它而大发雷霆。

洞穴只比它大一点点，但就在洞的后方，那股特别的味道格外浓烈。小狼现在想起这个味道了，狼獾。

狼獾非常凶猛，幸好这只狼獾一动也不动。小狼闻了闻，小心地往前踏出一步，原来这只狼獾已经没有呼吸了。

小狼一向习惯吃软烂易嚼的肉，那些肉都是由它父母亲先行嚼过，现在它得自己设法张大嘴巴，对准狼獾某个部位咬下去。肉硬得要命，简直就像在咬木头，不过咬了一会儿，它总算撕下一大块肉，大口吞了下去。

它一直吃到嘴巴发酸，肚子发胀才停下来，然后它在腐臭的味道中打了几个滚，便沉沉睡去。

醒来时，冻雨还在敲打山坡，所以它又吃了些狼獾肉，然后睡觉。然后又醒来，吃肉，睡觉。

当它再次醒来时，什么声音都没了。

在它睡着了之后做了个梦，它和它的狼群姐妹一起在母亲身上爬上爬下，还趁母亲磨蹭它们的小肚子时，调皮地咬它尾巴。

但现在只有它孤单单的一个。

它呜咽地哼了几声，在一片寂静中，它竟被自己发出的声音吓到了。于是它不哭了，又啃了些狼獾肉，缓步走向洞穴的入口。

一股强光刺得它眼睛好痛。没有气味，只有劈劈啪啪奇怪的爆裂声和风飒飒的叫声。

它用力眨了眨眼，看见柳树倒在冰底下，全都断了，整个世界全倒在冰底下。

它大着胆子走出去，脚底突然一滑，摔了一跤。它慌乱地爬起来，用爪子掐住地面。

它的上方耸立着白色的山丘，山丘沿着它所在的方向下降，接着又上升。小狼不敢乱跑，也没地方可以跑。它抬起口鼻，发出嗥叫。

这是它有生以来拼了命所发出的最强大、最沉稳的嗥叫，但是没有狼回应。

反倒是有只乌鸦飞下来，停在离它几步远的地方，然后又来了一只。

小狼用力地摇动尾巴，高兴地大叫起来。是它的乌鸦，它们是狼群的一分子！它一骨碌跳向它们，耳朵回映着亮光，在冰上连跑带滑。

乌鸦一边飞，一边大笑。小狼不在乎，它早就摸透了它们的把戏，它们老爱啄它的尾巴，偷它的肉。它在后面追着它们，一时忘了

用爪子掐住冰面，结果一路滑向山下。

乌鸦呱呱叫个不停，跟在它后面飞。

小狼气炸了，直起身来站好，抖了抖身体。

乌鸦直上天空，飞走了。

它放声大叫。回来！

乌鸦绕着它飞了一圈，再次飞走，尾翅一摇一摆的，就这么消失在山上。跟上来！

小狼奋力跟上它们，当它来到山顶上，眼前的景象让它害怕地哭叫起来。

上方耸立着它所看过的最大的岩石，比休息地那边的巨石更大。

咯！乌鸦粗哑地叫着。

小狼吓坏了，但它可不想落单在后。

它眯起眼睛迎着狂风，跟着乌鸦一路朝着高山跑去。

# 第十四节

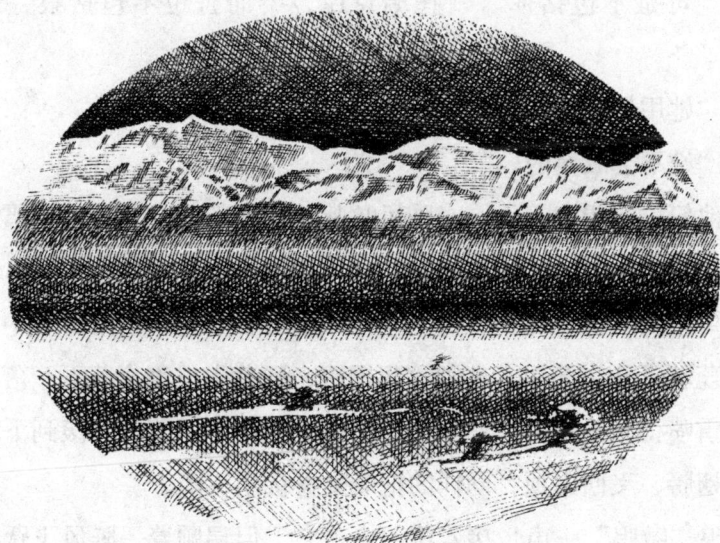

"到高山区得花上几天的路程？"托瑞克问。

芮恩摇了摇头。

森林已落在他们后方，他们望着山峦起伏、白雪皑皑的石山，明明在远方，却似近在眼前，高山群岭一座座闪着晶光的山峰就这么巍巍耸立在前方。

托瑞克胆怯了。单单从他站立的地方，他就看到上千个山峰的峰尖，任何一座都有可能是幽魂山，而他若想找到，唯一的希望就是高山氏族。

芮恩仿佛听见他的心声。"驯鹿知道森林什么地方可以藏身，芬·肯丁说，高山氏族的人都跟着驯鹿走，幸运的话，也许我们会遇见他们。"

托瑞克没回答，他的打算是悄悄进到森林里，躲起来。

狼走过来，靠在他身边，托瑞克脱下手套，把手指伸进狼的颈毛里。狼舔了舔他的手腕，温暖如昙花一现，随即被风带走。

"还有，记得吗？"芮恩说，"她正希望你去找她。"

"可是不包括你。"托瑞克说，"而且也不包括狼，还有瑞和蕊。"

"她用尽了一切方法想拆散我们，她失败了。"

"她不会放弃的。"

他们一起望向石山，一阵风呼啸而起，朝他们洒下片片雪花。回去吧！回去！

乌鸦高兴得不得了。它们在狂风暴雪、空无一物的冷空中俯冲翱翔，蕊转了几个筋斗，瑞则收起翅膀，朝着山坡直直落下，落地时故意把雪喷得到处都是，然后往后一倒，朝山下一路滚，滚到下面时，抖抖翅膀，飞回山顶，同样的把戏又再玩了一次。

狼"嗷呜"一声！接着跳起来追它，但瑞顺着一阵风飞跃起来，他根本够不着。狼站在山坡上用力甩着尾巴，凝视着下方的托瑞克。他蓬松的毛皮布满了闪闪发亮的雪花，一双眼炯炯有神。出发吧！他

发出尖利的一声。

它们抖擞的精神为托瑞克注入了勇气。他转身面向芮恩。"我想我们办得到的。"

她张嘴想提出不同的看法。

"我们所要做的,"他说,"就是去把驯鹿找出来。"

她指了指石山。"怎么找?"

"我们有狼、有两只乌鸦、有你的巫术,还有我的追踪本领,我们会找到的。"

他们并没有找到。

三天来,他们翻山越岭,连一个蹄印都没看到。一整片茫茫白光让他们根本无法判断距离远近,即使一直走,也并没有让他们更靠近高山,因为石山比他们所看到的其实更加艰险。这里处处可见峡谷、结冻的湖泊、结了层冰的灌木林,有些林子高度及胸,有些深度只到脚踝,但不论是高是低,他们都得弯弯曲曲绕来绕去。好不容易没有树林了,往往又遇到被风吹聚的雪堆,不过走到山脊,风已把雪吹往下方结了冰的卵石地。

他们一直跟着太阳和星星的方向朝东方走,但云层不断阻挠他们;他们甚至因为看到了像驯鹿的东西而走错了路,结果那只是一块巨石。

他们之所以撑得下去,全凭以前在极北冒险时的经验。他们戴上面具抵挡寒光,在脸上涂上芮恩的大豌豆药膏避免风伤。他们挖凿雪洞充当营帐,还用陷阱捉了只北极松鸡直接生吃;为了生火、融雪生水,他们只要看到柴枝就留下来;他们把行李放在雪洞里,这样行李才不会被风雪吹走;他们在睡袋里放热水袋,这样才抵挡得住严寒。夜里很冷,他们真希望能有成堆干燥的好木柴。

第三天,他们看到远处有人,便赶紧朝那人走了过去,结果那人竟是用草扎出来的。冰柱是它的胡子，鹿角是它平伸的双手，其中一只手上还挂了支长矛。它给人的感觉倒不是威胁，而是欢迎，只是样子很古怪。

"是哪一族的守护灵吗？"芮恩说，"有可能是花楸族，他们的营帐就是用草搭起来的。"

"看来这是他们在去年秋天做的。"托瑞克说，"鹿角都生苔了。"他放眼望向石山，森林早已消失不见，他所能看到的就只剩白色的山丘。在他靴子底下，雪藏住了冰，冰封住了大地，欧丝特拉丝毫没有松手，她正冷眼盯着他看。

"就快天黑了，"芮恩说，"我们得先停下来。"

在草人的注视下，他们在一处背风坡扎营，那里有座结冻的湖，湖边长满了矮树丛。芮恩说她要挖个雪洞，然后试着施一个寻找咒来找高山氏族。托瑞克出去放置钓鱼线和陷阱，他们的粮食就只剩下一把榛果，到目前为止，唯一的猎获就只有一只松鸡。

狼跑出去打猎，瑞和蕊跟在后面，它们早都想好了，跟着他比跟着托瑞克有希望。

托瑞克用斧头在湖面上凿了个洞，布下他从森林带出来的松根网绳，然后用网子上的杜松钩钩住诱饵。为了预防这个钓鱼洞在夜里再次结冰，他塞了些小树枝进去，又在上头洒了些雪。然后他把他的刀竖立在一旁，这样瑞和蕊才不敢靠近，那两个家伙可是很懂得怎么把嘴伸进渔网，把鱼偷走。

回到岸上，他绕湖走了一圈。陆地上空旷冷清，但他那双猎人的眼睛告诉他，事实并非如此。他注意到雪地上印了一双展开的翅膀，这表示那儿曾有一只灰鹰为了追一只旅鼠猛力撞在雪地上。再往前，出现了一堆浅洞，每一个洞里都有一小坨结了冰的鸟粪，这表示柳松鸡曾成群结伴出现在这里；此外还有一大片北极松鸡留下的脚印，但看不到它们的窝。北极松鸡向来喜欢飞上高空，再从高空俯冲而下，直接落入雪地，一个舒服且隐秘的小窝就成形了。

它们也喜欢桦树的小嫩枝，于是托瑞克从一棵发育不全的桦树上砍了些高度只到脚踝的树枝，刮掉上头的冰，然后插在雪地上，试着以此引诱它们过来，树枝底下放了他暗藏的绳套。他另外也用柳树枝设了个一模一样的圈套来抓柳松鸡。

他一路上坡，又发现了山兔的踪迹。他跟着踪迹来到一个刮着强风的山脊，在山兔一旦离开安全的灌木丛后，必须穿过的空地之前布下陷阱。它一定全神贯注地在注意附近的动静，所以应该不会注意到有这么一个陷阱。

这会儿，托瑞克已饿得眼冒金星，但营地那儿等着他的，就只剩他那一份榛果。深冷湛蓝的天空星光点点，月亮还没升空，但他隐约可看见高山群岭黑丛丛的尖顶，就在那上方，远远的若隐若现，冬天的红星闪闪发光，正是庞然公牛"欧罗克"之眼。

**当红眼升到夜空的最高点**，父亲临死前是这么说的，**那就是厉鬼力量最强的时候**。

鹰鸮族巫师和她的爪牙鲜明地出现在托瑞克心里，然而父亲的脸却是一团模糊。托瑞克不可置信地突然发现，在父亲死了之后，他简直变成了另一个人，也许连父亲都认不出他了，也许就因为这样，在乌鸦族营地的时候，他的灵魂才会一看见他就逃走。

"爸爸，"他对着暗夜说，"是我，托瑞克。你在哪里？我该怎么做才能找到你？"

唯一的回应，是飒飒一阵飞雪。

芮恩缩在睡袋里，倾听雪花的呢喃。

她又饿又累，但她知道自己根本不可能睡得着。寻找咒不但失败，而且还很糟糕。一面冰墙在她心里砰的一声关上，退回去，鹰鸮族巫师命令地说，**谁都阻挡不了欧丝特拉**。

芮恩一度被弄得头晕，只能紧紧抱着自己好像快炸开的头。她难受得不得了，一见托瑞克回来，不得不请他在雪洞四周洒上大地之血，但那不是权力分界线，只有巫师才能画出这道线，但有总比没有好，也许草人会帮忙赶走托卡若思。

芮恩缩着身子侧躺下来，透过雪洞的缝隙，她看着天空，试着解开欧丝特拉真正的目的。

鹰鸦族巫师想要托瑞克心灵行走的能力，这是再清楚不过的，只是她打算用什么手段来得到呢？又会选在什么时候动手？

托瑞克钻进营帐，芮恩听到他脱下靴子，拍拍之后拿了当枕头，接着便进了他的睡袋。他问她有没有好一点，她说没有，他说他很抱歉。过了一会儿，他的呼吸声变了，像只狼似的，他就是有那种说睡就睡的本领。

午夜时分，被吃了一半的月亮升上来，芮恩请月亮帮她的忙。她一向觉得自己和月亮很亲，每次天熊把它吃掉的时候，她都会觉得很难过，但只要想到它还会再回来，她就又有了力量。

月亮。

芮恩惊醒过来，怎么我之前就没想到呢？**我一直都把月亮给忘了！**

再过几天，就是月光最暗的时候，而且这个夜晚很特别，它是"灵魂之夜"，"世界灵"会在此时从鹿角男人变身为红发如柳的女人。非常危险，这是幽魂四处飘荡，寻找生前氏族的时候，也是亡者最靠近生灵的时候。

"灵魂之夜"。

这就是欧丝特拉在等待的时机。芮恩愈想愈惊慌，她发现她和莎恩所预见的一切和这完全吻合。倾听者必死……

她一直到现在才想到这一点，但时间不多了，一定得把这事告诉托瑞克才行。

她坐起身，看见他睡得很熟，皱着张脸在做梦。这几天，他一旦睡着就好像再也不想醒过来似的。

这不公平，芮恩心想。倾听者为什么就得是他？为什么他就得和别人不一样？

托瑞克转了个身，整个人钻进睡袋里，发丝盖住了他的脸。

我得快点告诉他，芮恩下定决心，旋而又犹豫起来。

撇开她的犹豫不说，在石山上，深夜是不宜谈预言的，加上营地周边那一道用大地之血画出来的界线力量那么弱，谁知道会不会有谁正在偷听？

第十五节

芬·肯丁看见松貂飞一样地爬上了树，于是他继续往前，小心地不出一点声音，他想找的那个人或许正在倾听四周的动静。

几天来，他找遍了那个人以前常会出没打猎的每一个地方。在森林深处的边境，曾有山猫族听到风声，后来蝙蝠族发现了踪迹，也因此让他再度南下，来到这个小峡谷。而这些日子以来，托瑞克和芮恩也是在这里，独力对抗着强大的欧丝特拉。

峡谷里一片寂静。不久之前，这儿的岩壁应该还回荡着潺潺的流水声，然而冰风暴却送来一阵冷风，封住了溪流的声音。现在，每一道涟漪都将原封不动地度过漫漫长冬，溅在巨石上的水波必须等到春天到来才能再度落下。

芬·肯丁来到一处叉口，其中一条路蜿蜒向西，另一条向东，往山里走。没有任何踪迹，他只能依靠森林给他指引，依靠他对他要找的那个人的了解。

他往第一条路走了几步，一只啄木鸟飞了下来，栖在松树上。它先是把鲜红的鸟头歪向一边，然后盯着他看。奇！奇！接着就飞走了。

他听到远处传来松鼠在树枝间蹦跳的嗒嗒声，再往前走，又在树木倒地后的残干上发现一小坨兽便，呈盘绕状、发出麝香的气味，是松貂，也许就是刚才他看见的那只。

这条小路住了太多森林居民，应该不是这条。

他折返回去，试着走另一条。周围的云杉树全冻成一座座白色的三角锥，在其中一座白锥底下，曾有头野牛用蹄破冰，挖掘底下的柳草。

这虽然没给芬·肯丁什么线索，但他却在柳草丛中发现了裸露在外的松根，且松根上一部分的皮被剥掉了，上头还掉了根尖硬的棕毛。他猜这应该是在野牛离开之后，又有头红鹿来这里啃树皮，但它根本没机会把树皮啃完，因为它的足印踩得很深，而且呈八字形一路逃开，一定是被什么给吓到了。

不可能是熊，它们还在冬眠。山猫？狼？芬·肯丁不这么认为。他既没在雪地上看到黄色的气味记号，也没在树上看到爪子的痕迹。也许，他想，是某个独自出来打猎的人把鹿吓得撒腿就逃。

暮色降临，再过不久，第一群星星就要出来了，不过被吃了一半的月亮却要到半夜才会升空。芬·肯丁没走太远便停下来倾听，远方传来松鸦警戒的叫声，过了一会儿，一双干枯的翅膀嗖的一声从他头上飞过，它看了看他，再次发出急促的咯啦咯啦声。

它发出第一声叫声的时候是在前方山脊那里，芬·肯丁猜它一定是看到了什么，而且那东西就在山顶附近。这几座山他了如指掌，前面有个突出的岩座，那个地方非常适合藏匿，并且可随时监控前方的动静。就算他猜错了，他也正好可以在那里扎营过夜。

他开始往上爬，渐渐闻到一股柴烟的味道。

他听到树枝裂开的声音，又或许是营火发出的劈啪声。

他走到一棵冬青树后，扫视四周。

啊！聪明。要去那座突岩完全没有路，但由下方的小溪谷，顺着小路往上三十步就到了。营火藏在巨石后方，火光很微弱，和芬·肯丁料想得完全一样，他要找的这个人深知藏匿之道。

他安静地往下走，进入那座小溪谷。

他在幽微的光线中，隐约看见了一个并非岩石的投影。那影子弓着背缩成一团，身边是一头小鹿的残骸，一把斧头放在手边。

芬·肯丁解开刀鞘里的刀，向前走了一步。停下来，向前再走。

影子起身了，一把抓起斧头，朝他使劲一挥。

芬·肯丁紧紧扣住那个拿斧头的人的手腕。

他们面对面，谁也不肯让谁。

突然间，拿斧头的人不再用力。

芬·肯丁松开手。"该是赎罪的时候了，老朋友。"

# 第十六节

渔网拉上来时是空的，夜里有一只狼獾把渔网劫掠一空。

"那白天就没东西吃了。"托瑞克说。

芮恩视若无睹地看着空无一物的渔网。"那我们得找些地衣来吃。"

他疑惑地看了她一眼。"人能吃那种东西吗？"

"我觉得应该可以。"但她的声音听起来没有什么把握。

托瑞克帮她从冰底下挖出几把地衣，两人一起把地衣放进她的皮水袋里。她生火，他则出去找食物。忍着饥寒找了很久，只勉强找到一些红莓苔子和被冻坏的酸模果。

芮恩把果子放进皮锅，里头的地衣这时已炖成了深黑色的黏糊。

"你确定人能吃这种东西？"托瑞克率先吃了一口之后问。

"时机不好的时候，高山氏族都这么做。"

"那肯定是相当糟糕的时候，糟得不能再糟。"

"也许狼的运气会好些，我们可以和他分些食物来吃。"

托瑞克一点也不想捡拾狼剩下的猎物，但芮恩是对的，从之前那只松鸡到现在已经两天了，找驯鹿这事现在变得更加重要，因为不只是为了找到高山氏族，也为了有东西可吃。

早上过了一半，这时的他们来到一条小河，出乎意料的是，这条小河居然还醒着。河水哗哗地在石壁之间流动，山上再次竖立着三个怪异的草人。河边浅滩没结冰，托瑞克和芮恩挖了几团亮绿的杉叶藻，直接大口嚼起这些肥肿的根茎植物。

当托瑞克站起来，突然一阵头晕。杉叶藻没怎么减轻他的饥饿感，却让他的肚子开始痛了起来。

芮恩猛地倒在岩石上，脱下面具来。她的眼眶多了一圈蓝影。"你是不是以为河里有鱼，"她说，"可是我什么都没看到。"

他们彼此看了一眼，他们还能再撑多久？

"等我们找到驯鹿，"托瑞克说，"我一定要一整头全都吃掉。先从脖子下手，然后一路吃下去，我会另外宰一头给你吃。"

她面无血色地笑了笑。

他蹲下来，把水袋装满。"这是哪条河？"

"我不知道，也无所谓了。如果我再不快点找到肉吃，我就要把我的药袋给吃了。"

但托瑞克没认真听，他匆匆脱下手套，从水里捞起了一个东西。

"这是什么？"芮恩问。

他让她看了个仔细：一根淡棕色的毛，长度和拇指一般。

驯鹿。

"它们一定在上游。"芮恩说。

他们试着聆听，但水流声太大了。

河岸布满巨石，根本无法通行。看来他们得绕山走上一段远路，要不就得用爬的。他们决定爬上去，这样比较快，而且也能看清楚对岸的情况。

想不到这比他们原先料想的还更困难。托瑞克很惊讶自己怎么变得如此没用，无数小黑点在他眼前飘来飘去，每踏出一步都艰难无比。身旁的芮恩突然倒抽了一口气。

狼出现在他们上方，他先在草人旁边停了一下，接着才朝托瑞克往下快冲。他的毛皮兴奋地抖了开来。**驯鹿！快点！我们一起去捕猎！**

托瑞克解释给芮恩听。

她的眼睛在她的防雪面具后面亮了一下。"那走吧！"

托瑞克很快用狼语告诉他的狼兄弟，叫他不要跟他们一起，因为他的胜算较大。狼没辩驳，随即消失在山上。

打猎大大刺激了托瑞克和芮恩，也给了他们力量。就在他们接近山头的时候，他们趴下来开始匍匐前进。驯鹿的感觉很敏锐，如果对岸真有驯鹿的话，那可绝不能吓到它们。

托瑞克迅速卸下肩上的弓，从箭袋里拿出一支箭。芮恩早准备好了，而且也已把一头红发束在后面，塞在帽子里，以免被猎物看到。她摸了摸氏族毛皮，一发现他看到了，便张大嘴，对他露出了她招牌式的笑容。

风冷冷地吹在托瑞克脸上，很好，这样正好把他的气味吹离猎物。

他悄悄往前爬，高踞在山顶上，屏住呼吸。

往下看去，山丘消失在闪亮的水流中，河中横穿着另一条河，那是一条驯鹿之河。数以千计的鹿鼻呼出团团寒气，在阳光下闪着迷蒙的金光。空气中回荡着小鹿的颤音和母鹿的呼声，以及正在发情的公鹿用鼻腔发出的叫声。而在这些声音底下，是数以千计的脚蹄踏出的轰隆，持续规律的宛如一颗巨大的心脏在跳动。

托瑞克只在森林里看过为数不多的鹿群，他望着那缓慢、坚决、漫无止境穿河而过的大片鹿群，不禁肃然起敬。他所在的这座小山，陡然往下切入一丛柳树林，展成一大片布满沙砾的河岸，接着又高耸起来，接上另一座也是柳草密布的小山。他猜，中间那道山口应该就是驯鹿自古以来交配的地方之一。芬·肯丁告诉过他，几千个冬天以来，鹿群始终都行走在祖先行走过的路上。

他看着它们通过山口，一个个鹿身争先恐后地彼此挤压。他看到游泳的驯鹿高抬着头，鹿角推来撞去，接着起身上岸，随即在河对岸分布开来。他知道很多猎者一定也都会来这条生命之河行猎：秃鹰、狼、乌鸦、狼獾、人类。

但人类在哪里呢？

他看到瑞和蕊高飞在空中，不停转着头寻找吃剩的尸体。一头公鹿立起身子，往前跑了几步，警告同伴情况危险，紧接着砰的一声，一只狼獾快冲出来，往侧边一个跃步。就在那里，狼远远地站着，一袭灰影站在鹿群边缘。他正在找被丢下不管的小鹿，又或是生病受伤、不堪一击的驯鹿。

然而就是没有人类，只见对面山上，再次出现三个草人，伸着鹿角做的双手站在那里。

芮恩小声地在他耳边说："这里太远了，箭射不到，我们得下山，到柳树林里去。"

她说得没错，先别管人类了，眼下肉才是最重要的事情。

所以他们还得再靠近一点。猎捕驯鹿的成败，就看是否能迅雷不及掩耳地让猎物安静倒地，却不惊扰到整个鹿群。一旦失手了，它们就会逃开，那么机会就跟着没了。

芮恩低声向守护灵祈祷，托瑞克则请求森林为他带来好运。他们开始往山下移动，侧身朝柳树林前进。

托瑞克看见狼在驯鹿群中迂回穿梭，他在心中祝福狼打猎顺利。

狼跑过浓郁的香味，那味道盘旋不去，饿得他毛皮发紧。

他闻到碎皮的腥味从驯鹿的头角那儿飘来，他用力吸着小鹿的香味。他大大松了口气，因为他没闻到其他狼的味道：若有陌生的狼群，它们也许会对闯入它们地盘的孤狼发动攻击。

为了使猎物快跑，他故意让它们瞧见他。

一头巨大的公鹿低下了头，对着他怒声喝斥：**别靠近我的女伴们！**狼巧妙地闪过扑过来的头角，往旁边一跳。

在乱哄哄的嘈杂声中，他捕捉到小鹿痛苦的哀鸣，立刻一个大步跳过去。

一头小鹿发着抖，站在河中间一座布满卵石的小岛上。狼闻出它的恐惧，它得不到任何保护，它的母亲死了，尸骸早已被捡拾一空。

狼压低头，朝河岸挺进，踏入了水里。他在驯鹿群中游泳，但它们视而不见，因为它们感觉得到，他的目标并不是它们。

小鹿闻到他的气味，痛苦的叫声变成尖叫。狼看到它躲到母亲剩下的胸骨后面，弯低身体，试图躲开他的视线，只是它毛茸茸的灰屁股却露了出来。

狼的脚掌触到卵石了，他登上小岛。

但是当他一现身，一头巨大的母鹿却突然从岛的另一边上了岸，直接朝他猛冲。狼仓皇地躲开它的攻势，它把头垂得低低的，准备用头角发动攻击。狼一个跃步跳了起来，母鹿的头角和他擦身而过，继续拨动卵石连番打狼。他弄错了，刚才那具尸骸并不是小鹿的母亲，这个才是。狼飞快跑过它身边，直接跳进了水里。

到了安全的岸边，他回头看了一眼，那头小鹿已经窝在母鹿的肚子底下吸奶了，但那头母鹿仍恶狠狠地瞪着狼：走开。

他抖掉毛上的水，在鹿群中寻找容易下手的对象。

他听到远方传来痛苦的哀鸣。来了，一头年轻的公鹿奋力上了岸，它的头角看起来就像蛇的毒牙一样尖锐，只要用力一撞，就足以把一只戒备不周的狼撞得稀烂。

但这头鹿的脚不知怎地好像有点毛病。

第十七节

托瑞克看到狼出现在鹿群中，接着就再没看到他。

芮恩在他耳边小声说："这片柳树林太密了，我根本没办法把箭射出去。"

他点点头。"如果我们能下到河边岩石那儿的话……"

他们安静地下坡，在和人一般高的树林间穿梭前进。托瑞克在树枝缝间，一眼瞥见了急急走过空地，朝着水边前进的驯鹿。驯鹿高抬着口鼻快跑起来，它们大张着后腿，白白的臀部摇摆个不停。

芮恩在他身边，已拿下了防雪面具。她的目光炯炯有神，他知道她的脑子里现在都是肥美的骨髓，以及肥厚多汁的烤鹿腿，只消咬一口，肉汁立刻喷得满口满脸，直流到下巴……

够了，托瑞克，你连一头都还没到手。

由于现在还是发情期，公鹿会不断摇摆头部去撞别的公鹿的角，并在彼此竞争的时候，驱开小鹿和母鹿。体型最大的公牛脖子十分肥大，浓密的鬃毛从脖子直盖到脚膝；有些公鹿的鹿角尖上还带着血淋淋的碎皮，那是因为皮还没完全脱落。托瑞克在山口两侧的树林边上，看见树枝上挂了些鹿角碎皮，飘来飘去，驯鹿群会尽量离这些碎皮远一点，就像它们远离那些张开双臂站在山上和河岸的草人一样。

看来，托瑞克灵机一动，这些东西似乎是在驱集猎物。

他发现这些驯鹿并不像一般驯鹿那般丰满。它们在吃了一整个夏天的青草之后，照理背上会长出一层肥厚的油脂，但这群鹿却没有。托瑞克看到一头年轻的母鹿歪着身子，可怜兮兮地想找食物，她用前蹄把冰扒开，然后又无奈地急急往前。

终于，他和芮恩来到河边只零星长了几棵柳树的裸岩区。托瑞克看见驯鹿竞相跳入水中，他看到湿润的粉舌垂在黄色的牙齿上，他闻到麝香的气味，听到鹿蹄打在冰上发出的踢踏声，他拿起一支箭，搭在弦上。

芮恩拿掉她的帽子，全神贯注地盯着她的目标，把箭瞄准。

狼狠狠张口一咬，断了腿的公鹿一跛一跛地想逃。

狼饿疯了，他一口咬开它的肚子，滑溜溜香喷喷的内脏一涌而出。他急急地大口吃了起来，只留了有股青苔味的肚囊没吃。公鹿的肚子被一扫而空，狼也差不多饱了，他开始享受腿肉，撕下一块块热腾腾汁多美味的鲜肉。

乌鸦飞下来，朝着死鹿一蹦一跳迈进。狼连头都没抬一下，咆哮着要它们走开。它们昂着头走到旁边，等着轮到它们的时候。

饥饿感消失了，狼再也吃不下了，这会儿他口渴了起来，口鼻和胸毛全都黏糊糊的。他跑下河岸去喝水，把死鹿留给乌鸦。

当他从河里抬起头来，他闻到了无尾的味道，他用力吸嗅起来。

不是他的无尾。

是别的。

正当芮恩准备把箭射出去，她瞄准的那头猎物突然一个趔趄倒在浅滩里，插在肋骨上的长矛仍在微微震动。

是支长矛。

托瑞克迎上她震惊的目光，放下了弓。那是从哪里射出来的？

那支长矛的手法干净利落，以致那鹿被射倒之后，它的同伴都还继续涉水从旁走过，全然没有察觉。托瑞克和芮恩蹲在柳树林里，朝着河岸小心翼翼地察看。长矛是从河的那一头射出来的……

有了，在中游那里，驯鹿数量最多的地方，那儿有艘皮划。托瑞克看见皮划前有个木头做的鹿头，后面则是粗短的鹿尾。那艘划子吃水很重，里头应该是坐了猎人，但他没法看得很清楚。他看到大略有四个人，打扮得很妙：他们把鹿角绑在头上，涂成深棕色的脸上，还在眼角和嘴边画上白斑，模仿驯鹿的长相。他看见下游还有一艘皮划，芮恩指出了上游还有两艘。

托瑞克朝树林边上飘动的鹿角碎皮看了一眼，又看了看双臂大张的草人。这些东西之所以出现，就是要把驯鹿群赶往猎人预先埋伏的河里，然后他们便可在它们游水过河、最无法逃脱的时候将它们一举擒获。

芮恩也明白了。"我们回不了头了。"她放低声音说，"我们已经闯进别人的猎捕行动了！"

托瑞克看见有艘船上的一个猎人正瞄准水中一头白鹿，正当那人拿着长矛往后一拉，一只乌鸦突然飞冲了下来。

"噢！不。"芮恩嘀咕了一声。

瑞已吃得饱饱的，正想玩耍一番。它飞得低低的，学狗大叫起来。吓了一跳的猎人丢出手中的兵器，没插中猎物的肋骨，倒是打在它的屁股上。白鹿慌张地离水上岸，拔腿狂奔，屁股上还垂了根长矛。

与此同时，鹿群嗅出那头受了伤的姐妹的痛苦，大举惊慌起来。托瑞克看到泛白的眼眶和张得大大的鼻孔，惊慌演变成了逃窜。驯鹿立起身子，爬过同伴的身体，在河中掀起翻腾的水花。皮划失控地摇晃起来，托瑞克看见猎人们依旧牢牢坐在船上。不一会儿，在他后方的树枝突然啪的一声断裂，他再没工夫去注意猎人，因为驯鹿群正穿过树林朝他们冲来。

"爬上石头！"芮恩大叫。

他们赶紧逃离柳树林，托瑞克把她推上离他们最近的岩石，然后用力一撑跟着跳了上去。鹿群轰隆隆地围在他们四周，宛如一股以鹿角、鹿蹄，以及强壮有力的鹿身汇集而成的洪流。芮恩爬得不够高，一头公鹿立起身子，角尖钩到了她的红发，她尖叫起来，拼了命地想用手把头发扯开。托瑞克抽刀一挥，迅速断了她的发丝。公鹿吓坏了，不断摇头踏步，撞到他的肩膀。他掉下来，一只鹿蹄同时往地上一踏，差点一脚踩上他的脸。芮恩弯下身，抓住他的手。驯鹿群慌乱

地沿着河岸一路走去。

"你没事吧？"芮恩在喧闹声中提高音量问。

"没事！你呢？"托瑞克大喊着问。

她坚强地点了点头，但后脑勺的头皮血流不止，她的一绺头发被鹿角硬扯了下来。

突然间，这一切结束了。最后一头驯鹿沿着河岸慢慢离开，蹄声渐远渐小，鹿群终于远离。

芮恩抱着头从巨石上滑下来，托瑞克也朝她身旁向下一跳。

他们往下望去，猎人一路拨水前进，正要把船拖入浅滩。有些人已经跑进树林，拿着长矛乱戳乱刺，想找出破坏他们猎捕行动的罪人。托瑞克看见涂了色的脸上阴沉愤怒，又听见嗡嗡耳语，宛如发怒的黄蜂。他们有权力生气，一头驯鹿倒下、一头驯鹿受伤，而这就是追踪了可能一连几天的结果，整个一个大失败，人数这么众多的氏族竟只得了这么一点点猎获。

芮恩一把将他拉到巨石后面。"我们得趁他们找到我们之前赶快逃开。"她的声音轻得不能再轻。

"但他们是我们想找到高山的唯一机会。"

"是，没错，可是他们现在正气得火冒三丈，哪有心情指点我们方向！"

最生气的是那个被瑞恶整的猎人。"你们看到没有？"他放声大吼，"一只长得像乌鸦的厉鬼！害我失手之后，就飞进天空不见了！"

就在托瑞克打算放声大喊的时候，芮恩伸手盖住了他的嘴。"你疯了？"她小声地说。

托瑞克仔细打量那些猎人，接着便移开芮恩的手，站起身，从巨石后方走出去。

第十八节

芮恩看见一个高大的男人转过身来，眯起了双眼。

"克鲁寇斯里克！"托瑞克放声大喊，同时扯下防雪面具，沿着河岸往下跑。

涂色的脸露出了牙齿。"托瑞克！"一个大步上前，山兔族领袖双手握拳放在胸前表示友好。"你长大了！那边那个是芮恩吗？下来吧！下来！"

芮恩因为没认出他，觉得很不好意思，她照着他的话走下河坡，所有人立刻围了上来。这里大多都是山兔族的人，但芮恩也看见了几个戴着花楸树皮链子又或是帽子上系了天鹅羽毛的人。每一个人都眉开眼笑地表示欢迎，他们的怒气似乎已像雾霭那般说散就散。

因为破坏了他们的猎捕行动，托瑞克特别为此致歉，但克鲁寇斯里克挥了挥手一笑置之。"下一条河那里还有另一个交配的地方，等在那里的猎人比这里还多。来吧！你看起来饿坏了。"

有人已经生了团火，克鲁寇斯里克感谢倒地的驯鹿献出它的身体，他祈祷它的灵魂一路平安地上到山顶，接着三个男子便迅速剥下鹿皮，把鹿胃清空之后，又用水把其中一个胃囊冲洗干净，灌入放出的鹿血；内脏和胃里清出来的东西堆放在鹿皮上，鹿的肉身则被分成四份。没有丝毫的浪费，雪地上几乎没留下什么血迹。

他们纯熟的技术让芮恩想起了芬·肯丁，她突然想家想得心痛起来。她不停地发抖，主要还是因为刚才遇见那一大群驯鹿，以及受伤的头皮。一个花楸族的妇女看见她在摸头皮，默不作声地帮她敷上酸模膏，稍稍减轻了她的疼痛。

克鲁寇斯里克递给托瑞克和芮恩两只大杯子，催促他们快喝。血汁因为冷了，开始变得有点稠，芮恩一口喝下，马上咳了起来。不过驯鹿的精力很快便进入了她的体内，她觉得自己清醒多了。

克鲁寇斯里克的儿子奇尔可，就是那个失手的年轻猎人，递了几片生肝给他们，热腾腾的，好吃得不得了。这会儿芮恩觉得自己好了很多，这才想起自己还没跟守护灵道谢，赶紧含着食物喃喃念起谢词。

克鲁寇斯里克和他们坐在一起，但没吃东西。他刮掉脸上的色料，露出一张红光满面、仿佛被火照亮的圆脸。同他的族人一样，他也穿了一件长及小腿的鹿皮大衣，腰间束了条鲜红的宽皮带。他的头发是棕色的，齐眉的刘海只遮住额头上方，额头下方露出了红色之字形的氏族图腾；他的兔毛帽也一样染成了红色，不过因为打猎的缘故，他把红帽反过来戴。

他有着敏锐的观察力，人也十分亲切。当芮恩转身背对着火，在不知情的状况下侮辱了他们的习俗，他也只是不愠不怒地纠正她，"我们不那样做，火并不喜欢那样。"

但他毕竟是氏族领袖，有他一贯的行事风格，所以当托瑞克问起幽魂山的事情，他不许他再说下去。"这地方不适合，待会儿奇尔可去追踪那头受了伤的鹿，你就跟我们回营地，到时我们再来讨论这些神圣的事情。"

托瑞克点点头，转向奇尔可说："我很抱歉，乌鸦吓到你了，你大概知道它其实——是我们的朋友。"

奇尔可惊讶地眨了眨眼。"你们的朋友？"

"它没什么恶意，"芮恩说，"年纪小，就是爱胡闹。"

奇尔可搓了搓下巴，张口大笑起来。"我还以为它是只厉鬼哩。"

"说起来这实在是我们的错，"托瑞克说，"你们的猎捕行动就这样被我们搞砸了，我应该帮你找出那头受伤的鹿才对。"

奇尔可露出高兴的神色。

"很好。"克鲁寇斯里克说，"这真是太好了。"

"我跟你们一起去。"芮恩说。

但她万万没料到，托瑞克竟摇头拒绝。"你现在还很虚弱，你应该跟克鲁寇斯里克一起回营地。"

"我很好啊！"芮恩抗议地说。

"我们营地见。"托瑞克说。

克鲁寇斯里克先是眯着小眼往这儿瞄了一眼，接着又往那儿看了看。"很好，"他又说了一次，"托瑞克和奇尔可一路，芮恩跟着我。等我们大家都回到营地，吃饱喝足了，你们再告诉我，你们来到这里的目的是什么。"

芮恩一想到要长途跋涉走到营地就烦恼，但她其实多虑了，猎人早把雪橇藏在驯鹿看不到的地方，只需呼个哨，看管雪橇的小孩就会指挥狗群把雪橇拖来。

雪橇是用柳条把鹿角扎起来做成的，沾了一层冰泥的滑板磨得相当平滑。这里的雪橇比极北那边的小，车里只能坐一个人，驾驶的人得站在后面。克鲁寇斯里克先是把芮恩介绍给他的每一条狗认识，他显然认为，狗儿们应该获得和人类一样的尊重，因为这一点，她更喜欢他这个人了。

他们朝北方出发，一路上嗒嗒不停地走过冰地。克鲁寇斯里克没有用鞭子，他只要对领头的狗大声发令，领头的狗便会指挥底下的狗群。他一边驾车，一边要芮恩告诉他森林的近况。当她说到蛾群和影子病的时候，他皱起眉头，摸了摸氏族毛皮。他很担心单独行动的芬·肯丁，不过狼跟他们在一起这件事似乎让他很高兴，但是他告诉芮恩，不可以大声喊出狼的名字。

"我们这些住在山眼之中的人，对名字一向非常小心。对于你的狼兄弟这样的大灰，我们都称为猎魂者，因为它们知道如何追踪灵魂。还有，对于猎物，我们一样不会大声喊出它们的名字，因为它们听觉敏锐，说不定会听到我们的猎捕计划，我们都把它们称为大角。"

他忧心的脸皱出一条条波纹。"还好你带来了猎魂者，三个月了，石山上完全看不到，也听不到它们的踪影，就只有花楸族猎人在西侧那边发现了一只，已经死了。他们放了食物在它嘴边，喂养它的

灵魂，让它留在那里安息。我们很担心它们之所以跑得不见踪影，是因为……"他降低声量，"是因为那个邪恶之人。"

芮恩回头看了一眼，锯齿状的山峰突然间像是近在眼前。

克鲁寇斯里克没再说话，两人安静地一路前进。

到达营地时，蓝紫色的暗影已笼罩四周。营地坐落在一座水色灰苍的湖泊旁边，而湖泊又在巨大的石山群中，远远看去，湖旁的营地显得非常渺小；然而当距离渐渐拉近，芮恩马上看见了好多营帐金光闪闪的围成了蜂巢的形状，有山兔族的大型皮帐篷、有花楸族的圆顶草屋，以及砌着雪堤的长形土丘，克鲁寇斯里克说那是天鹅族。

"现在时机非常糟糕，"他说，"高山氏族得住在一起才行，这是唯一的生机。"

雪橇侧滑停下，狗群立刻吠叫起来，当猎人走出来迎接他们，一道道金光随之映在雪地上。克鲁寇斯里克递了把骨刀给芮恩，让她把身上的雪刷掉。冻得四肢发硬的她，跟着他走了进去。

欢迎她的有腾腾的热气、香喷喷的烟味，以及人群。石头围起来的泥火燃得很旺，营火四周，潮湿的桦树枝层层堆放在驯鹿皮上，男男女女围坐一起，或缝补衣服，或把矛头磨尖。皮锅里热气蒸腾，才一会儿工夫，芮恩又觉得饿了。

把外衣脱下来挂在梁上烘干后，她便跟着克鲁寇斯里克绕着营火走。她小心地不让自己背对营火，和她错身而过的人都小心翼翼地和她点头表示友善，但是她觉得自己好像成了大家注目的焦点，她真希望托瑞克也在这里。

克鲁寇斯里克睡在营帐的一端。"离高山最近。"她在他身边坐下，听到他这么说。他感谢火和大角赐给他们食物，其他人也都照着这么做，芮恩则小声地向守护灵祷告，接着大家开始吃东西。

有个女人拿了个碗给芮恩，还跟她说，炖汤的主要材料是油脂：有碾碎的骨髓、背脊的脂肪、舌头，以及脂肪含量最多的内脏。

"肉是很好。"女人说，"但如果你住在石山上的话，脂肪比肉更好。"

芮恩觉得炖汤是很补，可是脂肪都会卡在牙龈上，得喝点石南茶才能漱掉。再来是驯鹿胃，里头塞了磨碎的地衣屑——这道菜她委婉地拒绝了——另外还有一盘盘肋骨和嚼劲十足的烤耳朵。刚学走路的小孩吃的是驯鹿脚的胶质冻，有个母亲拿了根结冻的骨髓给她正在换牙的孩子啃。年纪较大的分到的是驯鹿眼球，他们小口小口地把脂肪吸吮一空，接着就整颗放进嘴里，津津有味地大嚼起来。

由于没有莓果，克鲁寇斯里克觉得很抱歉。"因为结冰的缘故。"他说，这是他唯一一次提到这件事情。

芮恩吃饱后，便缩着身子躺下来倾听火的声音和窸窣的话声。她累极了，到现在都还感觉得到雪橇跑在冰地上的颠簸，但几天下来，这也是她头一次觉得安心。营帐外，石山整个落入欧丝特拉的掌控，但进来这儿，竟好像什么都可以忘得一干二净。

她在昏沉的睡意中，听到营柱吱嘎作响，以及雪花打在营帐上的响声。昏暗的烟雾中，她隐约看到正在学走路的小孩打着赤膊爬到老人家身上，老人则头也不抬地一边继续手边的工作，一边叫孩子离火远一点。比起其他氏族，高山氏族的生活比较不稳定，也许正因为这个缘故，一有好事情，他们就很容易开心满足。

不过，芮恩也看到了他们生活的艰苦。有人因为撞到鹿角而缺了只眼，有人因为冻疮没了手指头。克鲁寇斯里克说过，族里的小孩都要长到八岁，大人才会替他们取名字，以免孩子染了疾病，被迫走上死路。

想到这儿，芮恩就睡着了。

她在喊叫和笑声中醒了过来，托瑞克和奇尔可回来了。

奇尔可眉飞色舞地告诉大家，托瑞克如何把猎魂者召唤到身边，帮他追踪受伤的驯鹿。"我长矛一射，它就没命了，后来几个花楸族的人刚好驾雪橇经过，他们就帮了我们。"

族里的人全都满怀敬意地望着托瑞克，有个女人还拿了一颗驯鹿头到营帐外，送给狼当礼物。

托瑞克一看见芮恩，便走过去在她身边坐下，身上还带有夜晚清冷的气味。他呼噜噜灌了一碗炖汤后，问芮恩怎么样了？

"我还能不好吗？"她的口气很尖刻。

他挡下了这无形的一拳。

周围人群的谈话愈来愈小声，小孩也都舒服地窝在睡袋里。三大氏族的巫师走了进来，开始口念咒语，绕圈行走。

"这是为了保护大家平安。"有个人小声对芮恩说。她戴着白羽毛围巾，额上的氏族图腾是十三个小红点，代表每十三个月一个轮回。她的眼神苍白黯淡，仿佛长期盯着远方因而失去颜色。她用天鹅的大腿骨把大地之血吹到墙上，为守护灵的图像注入生命。一只山兔用后腿立起身子，扫视四周的动静；一只天鹅张开翅膀滑翔；一棵树将保护的枝干伸展开来；另外还有螺旋蚊、驯鹿，以及状似峰牛，有着新月形头角的生物。

芮恩顿起一股冷战。天鹅族巫师的举动提醒了她，在他们和黑暗之间，其实只隔了一层驯鹿皮而已。

托瑞克双手抱膝坐在地上，看着火花冲入上方的烟孔。

突然间，芮恩感觉到了他们之间因隐瞒而造成的隔阂。她知道他有事瞒着她，冰风暴那时，当他倒出药袋里的东西，她看见了能让他心灵行走的黑树根。他一定是跟莎恩拿的，他什么都没告诉她。

然而比起她瞒着没告诉他的事，那又算什么。

"芮恩，"他静静地说，"你记得住你做的梦吗？"

"什么？"她大吃一惊。

"你做的梦，醒来的时候，你记得住吗？"

"应该吧。怎么了？"

"从我们离开森林之后，我就没办法了，全部都是一片黑，这代表什么？"

她吞咽了一口口水。告诉他，告诉他。

就在那一瞬间，一个怪异、低沉的鸣声在夜里回荡起来。

克鲁寇斯里克看见他们吓了一跳。"那是湖。湖结冰了，哭着求高山多放一些雪花下来，给它温暖。我们也一样需要，这场带了诅咒的冰风暴让大角都饿坏了，真希望这些冰可以快点消失。"

托瑞克眼里闪动着火光。"关于高山，"他说，"现在你可以把你知道的事告诉我们了吧。"

第十九节

克鲁寇斯里克又往火里放了些泥炭，一股苦呛的土味冲了出来。

芮恩瞄了他一眼，接着又望向托瑞克。在红蒙蒙的烟雾中，他们的脸阴郁得让人几乎认不出来。

"我们住在世界边缘的人，"克鲁寇斯里克说，"都把这两座山视为圣山。北方的高山是'世界灵'居住的地方，南方的高山便是幽魂山。但是不论我们打猎的地方离幽魂山多远，它永远是我们的父亲和母亲。它造出河流和白雪，它撑起整片天空，它射出阳光，它带来万物的生命，它带走大角的灵魂，赐给它们崭新的躯体，它保护我们的幽魂，也就是那些迷了路的亡者的灵魂。"

芮恩轻声说："'灵魂之夜'，'灵魂之夜'的时候有什么特别的事？"

"'灵魂之夜'？"托瑞克转向她，"你觉得她在等的就是这个？"

她做了个手势，示意他别说话。

"'灵魂之夜'的时候，"克鲁寇斯里克说，"高山会放出所有亡者，只要狂风呼号，我们就可以听见它们的声音，那是大角的灵魂发出如雷的蹄声，以及饥饿的幽魂寂寞地哭号。"他的表情渐趋柔和，"我们会安慰它们，我们会在外面堆放很多地衣给大角的灵魂，为我们的幽魂搭盖一座营帐，我们会在营帐里放满温暖的衣服和它们最爱的食物，还有给小孩的玩具，我们会生起一堆营火，驱赶黑暗。"

他微微一笑。"这段时间十分美好！整整一天一夜，我们陪伴它们，唱歌、说故事，到了终归要结束的时候，我们送它们离开。它们大多可以找到安息的道路，"他指了指烟孔，"找到了便可和祖先会合，一起猎捕在空中行走的兽群，若是找不到，那就回高山去，但它们下一个冬天会再尝试，我们会努力帮助它们，我们从没让它们失望过。"

托瑞克说出了芮恩的心思。"可是这个冬天……"

克鲁寇斯里克的脸一沉，伸出手，摸了摸壁画上其中一尊守护灵。"是前一个春天开始的，我们的孩子失踪不见，消失得无影无踪；雪橇也不见了，最后只剩残骸出现在很远的地方。后来蛾群出现了，然后是影子病，没错，芮恩，我们也有这个麻烦。现在因为结冰，大角都饿得找不到东西吃，大约一个月前，我们的巫师开始在想，到底那个邪恶之人把她的巢穴设在什么地方？"

"但她要的究竟是什么？"芮恩说，"'灵魂之夜'会有什么事发生呢？"

"没有人知道。"克鲁寇斯里克说，"山麓那边一直传来恐怖的哭声，石头缝隙之间也一直有长着鹰眼的小厉鬼出没窥看。我们的巫师曾经看到灵象：恐怖的灰色正啃噬着高山的内脏。"他吞咽了一口口水，"我们很担心她已将高山据为己有，而这——这也是她一向的手段。"

"你认识她？"托瑞克说。

"即便是邪恶的人，也曾经年轻过。在我还小的时候，鹰鸮族还剩下一些人，他们人都很好，开氏族大会时我们都会见到他们，唯独欧丝特拉很不一样，她一心一意想得到亡者的秘密。"他扫视四周，巫师们已前往另一座营帐，其他人也都睡了。"据说，"他接着又说，"在她成了巫师之后，她做了那个被禁止的仪式。"

芮恩吓得目瞪口呆。"她做了那个？"

"是什么？"托瑞克问，"她做了什么？"

克鲁寇斯里克倾身向前。"她族里有个人被落石击中死了：一个男孩，十岁，有人说她在'灵魂之夜'，月亮最暗的时候，前往男孩丧命的石堆那里，召唤了亡者……"

芮恩把手伸到氏族毛皮那儿，猛地闭上双眼。她看见狂风扫荡的山坡上，一个深色长发的高大女人，站在一个圆锥形的石堆前面。石堆向上升起，岩石滚落下去，欧丝特拉把袖子往后一拨，刀子划过她的上臂，失去了生命的身躯抹上了鲜血。死去的男孩坐起了身，把头一转，阴沉的双眼与她四目相望。他的口中汩汩流出腐败的白沫，仿佛面对爱人似的，欧丝特拉扑上前去，任凭长发轻抚他的脸庞，她凑近他的脸，近得不能再近，于是她舔舐他腐烂的唇中流出的尸水……

芮恩吓得睁开眼睛，托瑞克的手正放在她的肩上。"芮恩。"他轻声叫她。

她伸手揩了揩嘴巴。

克鲁寇斯里克皱起眉头看着营火。"她终于得到她想要的东西。"他说，"自此之后，她便可以和它们谈话，再没多久，她的族人染上病，欧丝特拉便消失了。"

"后来就加入了食魂者。"托瑞克说。

"她是成了一个食魂者。"克鲁寇斯里克的口气异常激动。"这一点你一定要弄懂，托瑞克，大家都说食魂者取用这个名字只不过吓吓人而已，但用在欧丝特拉身上，这个名字却是名副其实。"

"为什么这么说？"芮恩问。

"天鹅族经常会到山隘那边，偶尔他们也会大着胆子到隐形人峡谷一带，他们看过她。他们说她带着一支专门用来猎捕灵魂的三叉耙子，他们说你一旦听到她的叫声，就会失去自己。"

失去自己……芮恩紧抓着自己的氏族毛皮。

"那叫声，"克鲁寇斯里克说，"将会撕下你骨髓里的灵魂，她会用三叉耙子困住它们，然后将它们大口吞下，欧丝特拉是个名副其实的食魂者。"

托瑞克的手紧贴在膝上。"但我非找到她不可。"他说。

芮恩朝他瞄了一眼。"你刚才说的是'我'，不是'我们'。"

他没回话。

克鲁寇斯里克摇了摇头。"大家都说这是你的宿命，托瑞克，可是听了我告诉你的话之后——"

"克鲁寇斯里克，三个冬天前恶熊出现的时候，你帮我找到圣山，现在，你愿意再帮我吗？"

"你提的这件事非同小可，"克鲁寇斯里克说，"我们的巫师过去常进到山里，但现在再也不去了。要到那里只有一条路可走，但那是秘密，我不能说。"

"你非告诉我不可。"

他们面面相觑，同时风声飒飒，湖泊不断向高山呼救。

克鲁寇斯里克坐直了身子，这会儿，他又成了人人必得顺从的氏族领袖。"我们大家都该睡觉了，明天早上，我自会把我的答案告诉你。"

# ㄩ

不寻常的寂静令芮恩汗毛直竖，惊醒了过来。

营火还燃着，却没半点声响。营帐四壁依然规律地起伏鼓动，但她却听不到任何声音，甚至听不见风的哀鸣。托瑞克转了转头，在睡梦中念念有词。他动个不停的嘴唇没发出一点声音。

慢慢地，芮恩坐起身来。

营帐另一头，就在门口暗处，有个人站在那里。

芮恩的心跳开始砰砰加快。

那人的身材十分高大，背对着她。她看见卷曲的灰白色长发披散在后，暗影中，那人的头上隐约竖着一双尖耸的猫头鹰耳朵。

芮恩很想叫醒托瑞克，但她无法动弹，她放在腿上的手硬得跟石头一样。

门口的人影可千万别转过来。如果它转了——如果它和她正面相对——她的心脏一定会停止跳动的。

慢慢地，那个人影转了过来。

# 第二十节

戴着面具的欧丝特拉，就连其他的食魂者都怕她。雕刻在面具上的嘴巴在黑暗中张开着，她那一双眨也不眨的怒目，令芮恩的灵魂不寒而栗。

营帐沉浸在死寂的寒气里，营火灭得只剩灰烬，驯鹿皮和睡着了的人的脸上全都结上了一层冰，芮恩呼出的气凝成了白雾。

在她身旁，熟睡的托瑞克一只手垂放在头上，冰霜把他的睫毛冻得像尖钉一样发着晶光，他的嘴唇整个泛白。

芮恩喊他的名字，他动也不动。她放声大叫起来，只有一缕缕冷白的气息显示出他还活着。

"他们什么也听不见。"一个听起来喀啦喀啦、宛如骨头碰撞的声音说，"他们什么都不知道，欧丝特拉要他们这样，他们就得这样。"

"你不是真的。"芮恩说。

"欧丝特拉想要什么就一定弄到手，欧丝特拉是亡者的主人，欧丝特拉统治了高山和森林、冰地和海洋。"她的声音空无一物，不带任何感情。鹰鸮族巫师的喜怒哀乐早就都死了，她唯一剩下的就只有对权力的渴望。

芮恩在心里对自己说，她同样也是个巫师，她念起遣送咒，试着把邪灵赶出营帐。

面具人动也不动，可芮恩却感觉到冰冷的手指掐着她的喉咙，阻止她念咒。

"谁也阻挡不了欧丝特拉。"

"你不是真的！"芮恩喘着气说，"我才不怕你。"

"大家都怕欧丝特拉。"慢慢地，覆盖羽毛的手臂高举起来，影子随之展翅高飞。一眨眼间，面具人已站在熄灭的营火旁，渐渐向芮恩逼近。

托瑞克就躺在他们之间。芮恩看见邪恶的长袍披散在他身边，她看见他喉间规律的脉动，一览无遗，毫无招架之力。

"你不可以带他走。"她说。

恐怖的面具朝着她弯下身来，距离近得不能再近。灰白色的长发滑过她的脸颊，她全身散发着腐败的恶臭。

**"心灵行者，"**欧丝特拉说，**"已经失去自己了。"**

芮恩盯着那双画在面具上无情的凶光，那双如层层螺旋的圆眼令恐惧更加恐惧。希望飞走了。

她放声一叫，猛然移开她的目光。她看见食魂者的手紧紧握着一根权杖，她的身上密布着花岗岩般的纹理，她的手爪泛着蓝光，就像死尸的手指。她的手指间流泻着炽热如血的火光，火焰蛋白石。

"他的时候就快到了。"面具人说。

恐惧宛如鱼钩，紧紧钩住芮恩的心。"你根本不可能知道。"

"欧丝特拉知道一切，他逃不掉的。"一只羽毛手伸了出来，耙弄着营火余烬。她张开手爪，细如骨灰的灰烬簌簌窣窣落在托瑞克毫无防备的脸上，填满了他的嘴，盖住了他的眼睛。

"不要。"芮恩说。

"欧丝特拉即将吸取他骨髓中的力量，她将大口吞下他的世界灵魂，把剩下不需要的吐进无穷无尽的黑夜里。"

"不要！"

"她的灵魂将在一个又一个的宿主身上心灵行走，走过一个又一个世代。欧丝特拉即将征服死亡，万物来到不朽的主人面前，都将臣服。**欧丝特拉就要永生不死了！"**

**"不要！"**芮恩尖声大叫，**"不要！不要！不要！不要！不要！"**

男人大声叫喊，狗群狂吠起来，营帐里一阵骚乱。

"芮恩！"托瑞克弯身俯视着她，"醒醒！"

她仍继续尖叫。"不要！你不可以带他走！"

鹰鸮的一双凶光从烟孔边缘露出来俯瞰她，接着它展开翅膀，消失在黑暗中。

# 4

"这会是一个灵象吗？"托瑞克问，"芮恩，这会不会是你其中一个灵象？"

"她真的来了。"

"可是她并不在这里，不在营帐里啊。"

"她在。"

他们背靠着泥炭堆坐在一起：芮恩牢牢抓着自己的膝盖，托瑞克伸出一只手揽着她的肩。克鲁寇斯里克去了天鹅族营帐那里找他们的领袖，其他男人大多在帐外安抚紧张的狗群，隔着营火，女人忙着哄小孩的同时，不时害怕地偷看芮恩。

她已经不再发抖了，可是她觉得身体里空空荡荡的，就像过去看见灵象之后那样，但这一次最剧烈，也最可怕。她呆滞地盯着炽热的余烬，却看不到那些欧丝特拉拿来做死亡仪式似的洒在托瑞克脸上的灰烬。

"把你看到的都告诉我。"他声音放得很低，低到没人听得见。

她吞吞吐吐地告诉他，欧丝特拉打算控制灵魂不得安息的亡者，而且还想成为心灵行者。"她想吃掉你的世界灵魂，那里聚集了你的力量，她想把它吃掉，然后——把剩下的吐出来。这么一来她就可以心灵行走，可以走进一个又一个的身体，可以永生。"

"那就表示我会死掉。"

她转向他。"不，情况最糟糕的时候才会那样。你不一定会死，但你会失去自己。"

"失去自己？那是怎么回事？"

她深吸了口气。"一旦你失去世界灵魂，就会这样。你还是你，你还有名字灵魂和氏族灵魂，但你却断了和世界的其他联系。你会飘浮在星空外的黑暗中，飘浮在无休无止的暗夜里。永远不会死，永远孤单一个人。"

营火里的泥炭突然冒出一阵烟，吐出了火舌。

托瑞克抽回他的手，倾身向前，不想让她看到他的表情。"我梦游的时候，就觉得好像陷在虚无里，迷路了。我跟你说的时候，你之所以那么紧张，就是因为这个缘故，是吗？"

她点点头。

"可是为什么我那时会有那种感觉？"

"我不知道，也许她是在试用什么咒语，我不知道。"

他拨开脸上的发丝，她发现他的手在发抖。"什么人都可能发生这种状况吗？还是说，就我比较危险？"

"我想——你会比较危险，因为你是心灵行者，而且……"她犹豫了一下，"你违背了你立下的誓言。"

他等着她继续把话说完。

"当你发誓要为那个海豹族男孩复仇时，你用你的刀、你的药罐和你的三个灵魂立下了这个誓言。一旦你违背誓言，那便动摇了它们之间的联系。"

他没说话，冷眼望着营火。

"不过，托瑞克，"芮恩激动地说，"这一切都只是欧丝特拉希望的情况，并不代表事情一定会发生！我们不会让她得逞的，我们可以合力回击！"

托瑞克看了她一眼，但她看不出他有什么打算。

门口涌进一片清晨的阳光，克鲁寇斯里克踏着步抖落靴上的雪，带来了曙光。

"事情决定了，"他说，"我们会带你们到隐形人峡谷，但也只到那里为止，接下来，你们必须自己找到进去的路。"

第二十一节

托瑞克根本没时间思考芮恩告诉他的事情，营地便火速行动起来，大家跑来跑去，替狗群套上车具，准备好雪橇。

他和芮恩在催促下已准备出发，各自穿上了"较适合高山生活"的衣物。托瑞克走出营帐，天空灰沉沉的，放眼望去连一座山峰都看不见，但他却感觉高山群岭紧紧压着他的胸口。

芮恩也出来了，一脸病容，一身的新衣服。他们俩都在里头套上了潜鸟皮背心，绑腿也是潜鸟皮，羽毛贴在皮肤上十分温暖；他们外面罩了件长及小腿的大衣，是柔软的驯鹿皮，腰间束了条宽大的鹿皮带；短袜和内手套材质轻软，天鹅族的人说那是用麝香牛的毛织的；长靴和外手套是用驯鹿前额的皮做的，十分结实。

这一套衣服做下来势必得花上几天的工夫，托瑞克一说到这，芮恩随即闪了个怪异的眼色给他。"你猜不到吗？这是为了'灵魂之夜'做的，他们把要给幽魂穿的衣服给了我们。"

克鲁寇斯里克朝他们走来，他的表情冷冷的——居然有食魂者闯入他的营地威胁恐吓——他因此决定不跟他们一起去。几个天鹅族的人会替他们带路，能走多远就走多远。

克鲁寇斯里克替他们引见天鹅族领袖，吉克沙凯，他个子不高，人很瘦小，有着一双令人不知所措的淡蓝色眼睛，以及总是皱在一起的眉头。他把头一甩，表示要芮恩去坐他儿子那辆雪橇，要托瑞克坐他这辆。托瑞克谢谢他愿意帮忙，可吉克沙凯只是皱着眉，摇了摇头。

托瑞克坐上雪橇后，克鲁寇斯里克说："我很希望你改变你的决定，托瑞克。"

"你觉得我会输。"托瑞克回答。

"我觉得你很勇敢，但也很傻，这样的人在高山上是没法活太久的。我真希望我是错的。"他摸了摸氏族毛皮，随即往后退开。"再见，托瑞克，愿你的守护灵与你同奔。"

吉克沙凯对狗群大喝一声，队伍随即出发。

他们咔嗒咔嗒地在冰地上跑了一天，先是上到山麓丘陵，接着才来到云雾缭绕的高山区。瑞和蕊一度并排地飞在托瑞克身边，然而没多久它们就飞走了，仿佛有什么在召唤它们。托瑞克没见到狼的踪影，不知道他的狼兄弟是否捕捉到鹰鸮的气味，所以跑去追了。

寒风刺骨，笼罩的云层沉重地压着托瑞克的灵魂。他想起芮恩说的迷失在星空外的黑暗中，"永远不会死，"芮恩是这样说的，"永远孤单一个人。"

他们在一个石洞里扎营，高山隐而不见，其实却已近在眼前。雪橇已无法再走下去，明天开始，他们就得用步行的方式前进。

天鹅族搭盖营帐的方式是拿雪橇当支架，然后覆盖鹿皮，用石头压住。虽然没有木柴，但火却很快就生起了。托瑞克问吉克沙凯是怎么做到的，他拿了一株类似石南的植物给他看，说这种植物即使沾湿了也燃得起来，另外他还指了指麝香牛分趾的蹄印和它们卡在灌木丛上的细毛给托瑞克看。"听好，它们的速度比峰牛还快，而且它们有办法上到你爬不上去的山坡。它们是隐形人的猎物，我们要的只是它们的细毛。"

天鹅族擅长在冰地钓鱼，一个结冰的湖泊居然钓出了一大堆江雪和红点鲑。晚餐的时候，吉克沙凯稍稍随和了点，他告诉托瑞克和芮恩，他的族人如何在高山上用弹弓打猎，他还让他们看他的氏族毛皮，是个用天鹅皮交错编成的腕套，染成了红色。"天鹅族，"他说，"使用氏族动物时必定物尽其用，小孩佩戴脚爪，女人佩戴羽毛，领袖戴鸟嘴。"

吃完晚饭，他坚持要托瑞克和芮恩洗个他所谓的蒸汽浴，他们把鹿皮包在头上坐下来，让水滴落在烧热的石头上，然后吸进冒出来的蒸汽。天鹅族的人没跟他们一起做，只烦恼地看着他们，一声不吭。

洗完后，托瑞克问吉克沙凯为什么他的族人愿意帮他。

"我们并没帮你，"他说，"我们是在帮我们自己。"

"什么意思？"芮恩不安地问。

天鹅族领袖睁大了双眼凝视着托瑞克。"你想到高山上去找食魂者，也许只要得到了你，她就会让冰融化，大角就有东西可以吃了。"

托瑞克这才明白了蒸汽浴的意义，这其实是个净化的仪式，他反讽地笑了笑。"所以说我是个祭品了。"

吉克沙凯没回答。

芮恩流露出痛苦无奈的神色。

入了夜，狗群不安起来，托瑞克睡得很不安稳。芮恩也是一副倦容，她一直避着不敢看他的眼睛。托瑞克感觉得到他们之间的紧张，他早就知道她有事瞒着没告诉他，他不知道要到什么时候，她才能提起勇气把事情告诉他。

又是阴云密布的一天，高山还是藏在云后看不见。天鹅族带着他们穿过积雪的隘口，过了隘口是一条逆流而上的急流。地面起伏不定、十分险峻，托瑞克和芮恩不得不手脚并用才能往上爬，他们大口喘着气，远远落在后面。

天鹅族的人在河边扎营，那儿刚好是一座深谷的谷口。他们把鹿皮撑开，披盖在现成的石壁和泥炭墙上，只一会儿工夫就搭好了两座营帐。那几道墙壁是巫师们以前搭的营帐，吉克沙凯说。

芮恩一骨碌跌坐在石上，把头放在膝盖上。

托瑞克深吸了几口气，却还是觉得吸不到空气。"这是怎么回事？"他喘着气问。

"我们离天空愈来愈近了。"吉克沙凯说，"空气会愈来愈稀薄，灵魂并不需要呼吸。"他十分紧张，不时用手指拨弄他的腕套。"这已是我们的极限，明天开始，你们就得靠你们自己了。"

芮恩端坐起来。"你的意思是……"

吉克沙凯点点头。"隐形人峡谷。"

托瑞克朝深谷的方向走了几步，陡峭的山崖高耸其上，奇形怪状的峭壁突展出来，仿佛一群庞大的生灵在那儿向下窥视。一条布满岩

石的小径沿着河流，向谷里蜿蜒而去，云雾不时从峡谷升腾而起，遮住整座高山，但托瑞克仍感觉到了高山冰冷的气息。他看见天鹅族的人小声念着祷词，芮恩摸了摸系在腰间的氏族毛皮。

安静地吃了晚餐之后，吉克沙凯拿了几块鱼，对着河流恭敬地鞠躬，把鱼丢进水里。"这是高山其中一道命脉。"他解释说。

托瑞克问起这条河的名字，吉克沙凯断然表示，这条河的名字不可以大声说出来。"不过我想，在森林中生活的你们应该是把这条河称为红水。"

"红水？"托瑞克大吃一惊。

"你知道这条河？"

"我——是的，我父亲遇害的地方，就在红水附近。"

托瑞克离开吉克沙凯，自己一个人沿着河岸下坡，冷眼看着滚滚河水。这感觉像是个预兆：过去窜入了现在，仿佛融雪之后，埋葬多时的骨骸——现身。

营地笼罩在一道怪异的暮光中，托瑞克转身面向峡谷，云层裂开了，终于它出现了：幽魂山。距离明明很远，它却如在眼前般地屹立在他上方。白雪从山上唯一一座美丽的山峰飘涌出来，顶住天空的就是这座山峰，它雪白的侧翼亮着微光，仿佛里面深处熊熊燃着圣火。

三年来，托瑞克冒险对抗食魂者，足迹遍及海洋、冰地、森林和湖泊，而现在，他来到了这里。突然，他心里闪过一个念头，明白自己即将在远方的山坡上面对自己的命运。对他来说，这就是终点了，他的生命将会结束在这座高山上。

芮恩一直瞒着他没说的就是这件事，而这也正是他心中与日俱增的恐惧。

惶恐令他动摇了。逃了吧！就让别人去对付欧丝特拉，你根本一点也不想这么做。

可是爸爸怎么办？

这个念头像小石头落水似地重重打在他的心上。尽管他还不是十分明白，但他隐约有一种感觉，父亲的灵魂似乎和他最后一次寻找最后一个食魂者这件事有着某种关联，他绝不能就这样断然弃父亲而去。

他站在原地，仰头望山，巨大的寂寞在内心迸开，他好需要狼。

他把手放到唇边，对狼兄弟发出嗥叫。

回音辗转飘进了隐形人峡谷：声音渐弱渐小，渐至无声。

过了一会儿，一声嗥叫传了回来。

那不是狼。

吉克沙凯跑向他，灰苍苍的眼里满是惊恐。"那是什么声音？"

"我不知道，"托瑞克说，同时审视着逐渐暗下的营地，"吉克沙凯，"他警觉地问，"芮恩呢？"

第二十二节

那是什么声音？芮恩心想。

不是狼，那根本不是狼嗥。是狗吗？狗叫声不会那样。感谢圣灵，那声音听起来离这里很远。

她急忙把绑腿穿上。

她出来的时候已是一片暮色，如今，她连小峡谷的斜坡都无法看得清楚。在"黑刺之月"，夜晚本来就来得特别快，她实在不该忘了的。

她气炸了，知道自己根本就是走错了路，那几块歪斜错落的石板，她之前并没有看到过。

她脸一沉，只好回头找来时的路。离开营地这么远实在很蠢，她其实只需走到下游，让人看不见就行了。天鹅族的人警告过她，单独行动的时候，走过的路一定要留下记号。"在山上一不小心就会迷路，尤其是久住森林的女孩更是容易迷路。"她当时并不觉得有那个必要，但照现在的情况来看，她不得不承认他们是对的。

她倒不怎么害怕，天色还没完全暗下，而且营地应该就在不远的地方。只是一想到托瑞克可能会借此笑她，她才不想给他这个机会。

她急着想赶快走出小峡谷，结果脚底一滑，跌在一片黑冰上，差点掉了下去。她决定把这个嘲笑她的好机会让给他。"托瑞克！"她放声大喊。

没有回应。

"快点，托瑞克，别开玩笑了！我要知道你人在哪里！"

没有回答，只有鬼鬼祟祟的阵阵风声。石头沉静地在一旁观望。

芮恩开始觉得不安，她记得天鹅族扎营的地点是在水声潺潺的河边，托瑞克恐怕听不到她的叫声。

而且她真是笨得可以，居然没告诉任何人她要去哪里就自己跑了出来。

又一声嗥叫打破了寂静，距离比先前更近了。

她不禁汗毛直竖，静静听着逐渐消失的回音。

一声响应的嗥叫，最后以短促的两声吼叫结束。是个暗号。

她拔腿就跑，连手带脚爬过一道又一道堆满碎石的斜坡。这条路非得让她回去才行。

死路。

她跌跌撞撞转头就走，手套滑下来，吊在绳线上啪啪啪地像是被抓起来逃不走的小鸟。她的呼吸声很大，听起来十分惊慌。

四面八方一片黑，她停下来仔细聆听。

没有嗥叫，没有当做暗号的短促吼叫。这更可怕。

不管在追猎她的是什么东西，总之它静无声息地愈靠愈近，像猎人一样。

她跑进一面石墙后方，仰头看见了闪闪星光。她感觉到了庞然公牛的红眼，恐怖的感觉拍打着她的心，到底欧丝特拉造出了什么东西？

一撮小卵石滑落下来。

她睁大了眼在黑暗中张望，终于认出了一道陡峭的山坡，她又回到了小峡谷。四面八方，有影子不断在变化形状，然后又聚在一起。

在上头很高的地方，有个东西划破了黑暗，矗立在那里。芮恩虽没看到，却感觉得到它正抬着头，往空中嗅寻。

她飞一样地快跑，跳过一个个岩石，斜身闪过一座座巨石。石头看着她离开。

她的脚卡在石缝中，她跌了一跤，剧烈的疼痛在脚踝那儿轰然炸开，她没办法再跑了，她的脚受不了。

她听到就在她身后，传来那种喀嚓喀嚓的爪子声。

藏起来，那是你唯一的机会。

她四下摸索，发现一道缝隙，赶紧拖着受伤的脚爬进去。她到处摸摸找找，想找个东西把洞口堵住，但她所能找到的最大的东西，只有自己的拳头。

她无论如何得设法离开这个藏身的地方，但她没办法，**她没办法**

这么做。

卵石发出咔嗒咔嗒的声音，那个东西跑下峡谷来了。

芮恩缓缓爬出去，到处找看有没有石头，找到了一块，重得怎么也拿不起来，她半滚半拖地把石头拉到她藏身的缝隙。

那个东西来到了附近，她甚至听到它起伏、规律的呼吸声。

其中一只手套连着绳线卡在石头底下，她害怕地一面低泣，一面用力拉出手套，然后拖着石头钻进洞里，让石头和洞口密合，再把自己关在洞里。

不知什么撞在石头上碎掉了，那力道震得穿透了她。她紧靠着石头，那是她仅有的防护。她摸到一道缺口，不像是石头上的，三个手指头宽，感觉像是一道沟洞。

洞外，静无声息。

汗水在她背上如瀑布般流个不停。

透过那道缺口，热热的气息烫得她的手指发痛。她呜呜咽咽地把手尽可能地往里缩回。

一声咆哮穿过石壁反复回响，芮恩紧紧闭着眼睛，咆哮声渐渐平息，成了喘息。

就在这时，强有力的爪子用力刮了起来，那个东西就要把她挖出来了。

她闻到它一身臭味，感觉到它杀生的渴望，她就要尖叫着被它从洞里拖出去了，它就要用它的利爪掐住她、撕开她的喉咙，而她只能躺在那儿痛苦挣扎，拖着残破的生命。

她简直没法呼吸，她实在宁愿窒息而死，也不想面对即将到来的命运。

她拼命往洞里一缩再缩，就在这时，突出来的刀戳到了她的臀部。她笨手笨脚地把刀子从鞘里抽了出来，如果那个东西攻击她，说不定她可以用力刺过去，把刀刃刺进它的下巴，说不定她可以死得勇敢一点，即使没有人会看到这一幕。

突然间，挖掘停了。

芮恩睁开了眼睛。

她听到下巴开合，嘴巴咂咂的声音，那个东西似乎又像先前那样，把头抬了起来，然后石面上响起窸窣的脚步声，没多久便再无声息。

它是真的走了吗？

芮恩咬着下唇。待着别动，它并没有真的离开，一定没有。

不对，那个东西真的走了。

芮恩发着抖，继续缩在小洞里，同时，她听到有人说话，还有托瑞克不断叫着她的名字。

第二十三节

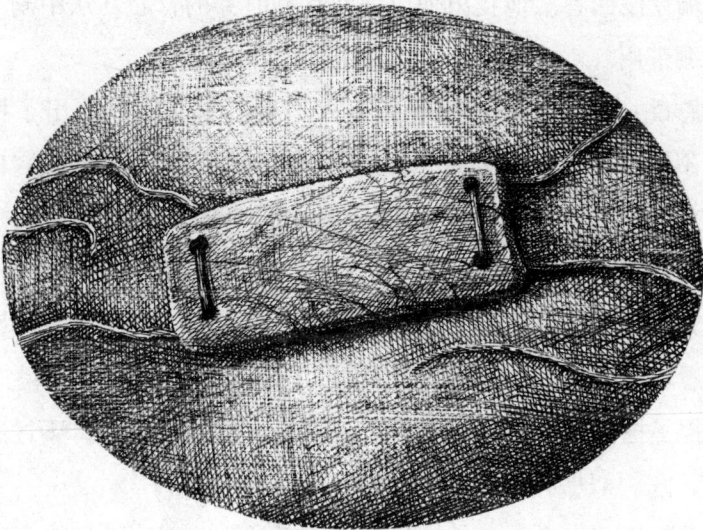

"那是什么东西我也说不上来，"芮恩一边说，他们一边扶着她进入营帐。"不过我觉得……"她受伤的脚一碰到地面，立刻痛得缩了一下。

"我看到的影子，很像是条巨型的狗。"托瑞克说，"然后它就走掉了，好像被什么人召唤似的。"

"我并没有听到有什么人在喊叫。"吉克沙凯说。

"你听不到的，"托瑞克说。他向他描述他用来召唤狼的鸡骨哨子，"它不会发出任何声响，但是狼听得见，如果攻击芮恩的是只类似狗的生物，那么它就有可能听见我们所听不见的声音。"

芮恩坐在火边不停发抖，天鹅族其他猎人目不转睛地盯着看。吉克沙凯叫他们到另一座营帐去，他们收拾自己的行李，避着不敢看她的眼睛。也许他们在她身上嗅到了那个东西的味道。

营帐里只剩吉克沙凯，托瑞克帮芮恩脱掉靴子，温柔地帮她把绑腿卷起来。她很想勇敢一点，但是伤口痛得她忍不住流下了眼泪。

"不过那到底是什么东西呢？"吉克沙凯又问了一次。

托瑞克没回答。他找出他以前在森林时穿的背心，从中割下一条皮带当绷带用。

芮恩说："欧丝特拉手中握有火焰蛋白石，她已造出了托卡若思，我不知道她对那只鹰鸮，又或是那些狗做了什么，如果它们真的是狗的话。总之她已经让它们成了听命行事的爪牙，它们唯一的念头，似乎就只有杀生。"

吉克沙凯一脸惊恐。

芮恩转向托瑞克。"那几声嗥叫，你听得懂是什么意思吗？"

他摇了摇头。"那不是狼语，也不是我熟悉的狗种，不过照声音听起来，它们似乎有好几只，也可能是一整群。"

芮恩凝视着火光。她的耳里仍回响着那声声咆哮，那饥渴、起伏的呼吸声。欧丝特拉养出了一群杀手，她已经把高山据为己有了。

吉克沙凯发着抖，把冰水倒进生皮做的碗里，又往里加了些晒干的柳树皮，拿一截鹿角把东西捣成糊。他把碗放到芮恩旁边。

"我来。"托瑞克说。

"我可以自己来。"她小声地说，然后从药袋里取出几片马蹄菇，放进碗里去。一等皮绷带浸透，她便咬着牙，把冰凉的膏药敷在脚踝上。

她感觉到托瑞克正望着她看，他们俩都知道这意味着什么。五个月前，她曾在森林深处扭伤膝盖，过了两天，她才有办法不需人搀扶地自己行走。

蠢蛋！蠢蛋！她暗暗痛骂自己，然后刻意拉高声量，要托瑞克把绷带递给她。她把绷带紧紧缠在脚踝上，连眼都没眨一下，让他以为她一点都不痛。

他不是傻瓜。"接下来的几天你恐怕没办法走路了。"他静静地说。

吉克沙凯点点头。"明天我们会背她到雪橇那里，有我们在，她很安全的。"

"我在这里休息一天，很快就好了。"她怒气冲冲地说。

"没那么快。"托瑞克说。

她生气地瞪着他。

吉克沙凯看了看她，又看了看托瑞克，小声表示要去和其他人会合。

"一天，"在他离开之后，芮恩说，"之后我们就可以一起进到峡谷里去了。"

托瑞克揉了揉额上的伤疤。"吉克沙凯告诉我，上去高山要两天的脚程，再过四天就是'灵魂之夜'了。"

"所以时间还够啊。"

"不，芮恩，对你来说那根本不够。"

"你不能擅自替我决定。"

"我根本没必要替你决定什么。"他迅速穿上靴子，"我得要说再见了，天一亮我立刻出发。"

这句话如同晴天霹雳，绝不能让他就这么走了。"可是——你不能自己一个人就这么上山。"

"我不是一个人，我有狼陪我。"

"他又不在这里。"

"他会出现的。"

"你怎么知道他一定会出现？到时你落了单，这不正合了欧丝特拉的心意！"

他没回话。

他的某种举止引起了她的注意，她认真地盯着他看。从他的表情，她读到了令她惊讶地几乎停止呼吸的讯息。根本再没必要把莎恩的预言告诉他了。

"你都知道了。"她说。

他点点头。

"怎么知道的？"

"当我看到高山的时候，"他碰了碰自己的胸骨，"我感觉到了，就在这里。"

芮恩安静了好一会儿，然后才又说："预言有可能弄错了，我们可以设法证明它错了。"

"这次错不了的。"他停了一下，"许多个冬天以前，就在'灵魂之夜'，我父亲点燃了一场大火，破坏了食魂者的力量。我必须把他引出来的事端做一个了结。"

"我知道，可是——"

"也许我会成功，甚至可以打败欧丝特拉，但问题是，芮恩……"他突然停下来，"问题是，每当我试着去想象未来，想象我回到森林，和你还有狼以及芬·肯丁一起生活，我却什么都看不到，全部都是一片黑暗。"

芮恩盯着他，惊讶得说不出话来。

她看着他卷起睡袋，收拾行李。"你要去哪里？"她说。

"我要到另一个帐篷去睡，天亮了就出发。你留在这儿，好好休息。"

他露出惯有的固执，她知道事情再没有回转的余地。"只要我稍好一点儿，"她激昂地说，"我一定会赶上你的。"

"不要。"

"我要，而且我还要证明预言错了。来，把我的护腕拿去，这代表了我的誓言。"她困难地解下腕套，牢牢抓着他的手腕。她掀开他的袖子，把磨得发亮的长方形绿岩薄片紧扣在他的上臂。"好了，等我找到你的时候，你自然可以把它还给我。"

"你千万别来找我。"

"你阻止不了我的。"

"芮恩，听我说！那个东西不理我，却去追你，是因为欧丝特拉希望我活着，至少活到'灵魂之夜'，她根本不在乎你的死活，可是，我在乎。"他把他的弓一把甩到肩上，"别离开天鹅族的人，等好些了，就回森林去。"

"不要！"

"再见，芮恩，无论发生什么事情，你知道，你一定要知道，我是多么的……"他的喉咙颤抖了一下，"愿守护灵与你同飞。"他弯下身，吻她的唇，然后他转身跑出去，没入黑暗之中。

第二十四节

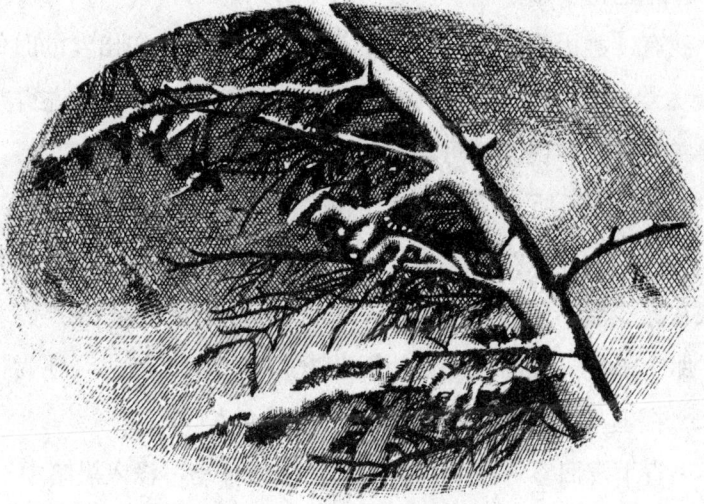

风飒飒地在高山呼号，席卷石山一带，吹得湖岸上的灌木林摇晃不已。湖早已冻结成冰，就在那儿，有人蜷缩着围着营火。

一群花楸族的人乘着狗拉的雪橇，带着三个来自森林的猎人来到这里。他们原本没看到芬·肯丁扎的营帐，因为他掩盖得太巧妙了，还好，最后狗群发现了他。

乌鸦族的艾顿着急地对他的领袖说："芬·肯丁，我们求你，回来带领我们！陶尔若不是没了方寸，他是不会派我们出来的。影子病已经扩散到各个氏族，没剩几个健康的人可以出去打猎了，健康的人又顾忌托卡若思，不敢冒险走太远，为了争夺食物，大家已经打起来了。"

芬·肯丁安静地听他说完，接着才说："领袖并非只有陶尔，其他人呢？"

"有一阵子柳族的领袖出面帮忙稳住了秩序，还有红鹿族的杜伦安，可后来，影子病也缠上了他们。他们只能在营帐里行动，还有，莎恩看来就快死了。"

"莎恩也得了影子病？"芬·肯丁厉声斥问。

"没有，她因为照顾族人，把自己累垮了，我们出发的时候，她已筋疲力尽。陶尔说没有她，他无法继续带领大家，他说得并没有错，单单靠他，各氏族不可能听从领导的。"

"他们不能不听，"芬·肯丁说，"我非上山不可。"

"可到底为什么？"艾顿不安地朝着灌木林看了半天，那儿有个人影藏在光线照不到的地方。

"那个跟你一起的人是谁？"花楸族一名猎人问，"他为什么不走出来，报上自己的名字？"

芬·肯丁没回答。灌木林里的影子缓缓移动，没入黑暗中。

"你到这里来，到底寄望得到什么？"艾顿说，"面对邪魔，就算是芬·肯丁，又能做些什么？"

"如果说，我们还有什么机会能对抗欧丝特拉，"乌鸦族领袖

说，还特别强调了那个名字，"那靠的绝不可能是蛮力，而是巫术。我和一个熟知这些法术的人一路跋涉，这个人知道如何在幽魂山找到欧丝特拉，知道如何躲过她的爪牙，不被她发现。我能告诉你的，也就这些了。"

艾顿与他四目相望。"也许这会让你改变心意，莎恩她有话要我带给你，她说，只有你稳得住这些氏族。"

"当初莎恩很反对我离开，"芬·肯丁说，"她当然会希望我回去。"

"她要你千万别忘了她在灰烬中看到的预言。她说，心灵行者一定会死，即使是你也无法改变。她说乌鸦族领袖应该待在生灵出没的地方，她说你非回去不可。"

营火啪啪、火星四溅，猎人们都在等芬·肯丁的答案。灌木林里的那个人影远远地看着、听着。

芬·肯丁站起来，大步走到林子边缘，一块巨石孤立在那里，守护着湖泊。远远的，星空中映照出漆黑的高山群岭。这里离山上还有很长的路要走，如果他现在选择返回森林，他有没有把握他的友人可以独自完成这趟旅程？

他凝神望向天空，没得到任何答案。"世界灵"正在遥远的地方与"庞然公牛"交战，人类的烦恼不关它的事。

而且，托瑞克和芮恩就在山上的某个地方，孤立无援、脆弱无助，如同黑夜之前两枚闪灭不定的小火花。

芬·肯丁的拳头在巨石上磨得嘎嘎发响，责任召唤他返回森林，他的心却将他拉向高山。

风渐止息，只剩窸窣耳语。花岗岩在他的手底下依然坚硬无比。

芬·肯丁转身离开暗影，朝着营火走了回去。

第二十五节

狼在刮着风的夜里回身停了下来，他感觉到他的狼兄弟就在几个大步以外的地方。他错了，他根本不该跑到高山上来的。

他本来在无尾的大营帐附近啃驯鹿头，突然那只鹰鸮朝着他俯冲下飞。他明知道那是一个诡计，但却不能不跟上去，因为它带走了他的小狼。

经过了几天，他一直都在追，结果现在它不见了，而他也搞不清楚自己跑到了什么地方。他的脚掌陷在雪里，高山近在眼前。松鸡和山兔的气味顺着风飘了过来，可就是没有"无尾高个子"的气味。

狼抬起口鼻，发出尖锐、寻找的吠声。**你在哪里？**

没有回应，没有他深爱的嗥叫。

风向变了，他顺着风走去，结果捕捉到一股他以前从没闻过的气味。狗，不过怪怪的。狼从气味知道了它们的巨大、强壮、狡猾，和一肚子的仇恨。他的爪子紧紧一收，要对付这些东西，"无尾高个子"胜算的机会大概就和一只初生的小狼差不多。

〰〰

这天狂风飞舞，隐形人峡谷遍地都是风的哭声。托瑞克没听到奇怪的号叫，只不过每当有小卵石落下来，他就被吓得跳起来。

他在途中，偶尔会看到刻了螺旋纹的巨石。吉克沙凯跟他说过，这是他祖先用锤子敲出来的记号，标记着上山的路径，只不过很多个冬天以来，根本没有人敢冒险再走进来。

那又是谁刮掉了冰上的螺旋纹呢？

还有狼到底在哪里？

托瑞克竭力让自己别去想欧丝特拉的狗爪牙会对狼兄弟下什么毒手，他甚至无法发出嗥叫找他，他只能在心里放声大喊。

走到有些地方，他大腿以下全陷在积雪里；有些地方，托瑞克不得不手脚并用地在被风吹得滑溜溜的岩面上爬走。但还好有这套高山专用的衣服，他一点都不觉得冷。他的背心前后都有浓密的潜鸟羽

毛，手臂下面则是比较稀疏的松鸡羽毛，好方便排汗。他的麝香牛毛袜虽然轻薄如纱，却强有力地温暖了他。垫在靴子里的干苔藓保护他的脚不起水泡，靴底一圈圈的生皮让靴子拥有了绝佳的抓地力。

但是面对愈来愈稀薄的空气，他却一筹莫展。他头痛欲裂，总觉得吸不到空气。最糟的是，他深深了解自己来到了一个他根本不应该来的地方。

隐形人峡谷是座令人目眩神迷的迷宫，里面充满了小峡谷、横岭和迂回的溪谷。隐约可见的峭壁挡住了天空，红水流入了地底。这是个处处只看得到石头的世界。

而且隐形人也不希望他待在这里。

"他们会让你看到一些景象，"吉克沙凯这么说过，"我以前曾在谷口那一带，发现一只被石化的雪鼠。还有一次，我看到一只巨大的白鸟，飞进峭壁之后就不见了。"

"可隐形人到底是什么？"托瑞克问过他。他知道他们住在湖底、溪流、岩石里，他以前有好几次，甚至感觉到了他们的存在，那是他极度不愿想起的往事，然而，他却从没停下来好好想过，到底他们是什么，从哪里来。

"他们以前也是氏族，跟我们一样，"吉克沙凯告诉了他，"但在很久以前发生大饥荒的时候，他们开始杀人来吃，'世界灵'于是惩罚他们，斥令他们从此只许躲在没人看得到的地方，除非没有人在附近，否则永远不准露面。也就因为这样，你永远看不到他们，即使靠近了，你也只看得到一堆石头。"

托瑞克感觉到他们正躲在岩石缝里盯着他看。有几个立石排成一圈、斜斜地彼此依靠，他从旁边走了过去。他回头瞄了一眼，看到似乎有什么动了一下。他继续往前走，又听到了似有若无的窸窣声。只要他一往回看，就无声无息，一旦他往前走，这些声音就又来了。

下午过了大约一半，他停下来喘口气。"我对你们并无恶意。"他对着这些住在石头里的人说，"我是来找食魂者的，我和你们之间并没有什么怨仇。"

"咻"的一声，不知什么从他头顶掠过，他侧身一闪，巨石突地轰然炸开，碎石连连打了他一身。

稍后，他听到了水声汩汩，顺着声音来到了一座小峡谷。那儿有一道泉水，而且还有几丛吉克沙凯用来生火的石南植物的残根，上方突出一片岩壁，正好可以让他以石头围住四周，充当营帐。

入夜之后，再没有石头窸窣耳语，也没听到奇怪的号叫，但同样的，还是没有狼的踪影。

第二天清晨，虽然没再刮风，但这种宁静却让人觉得很不自然，好像刻意营造的。

离开这座小峡谷没多久，托瑞克就在雪地上发现了踪迹。不久前，有一大群狗快跑穿过这座峡谷，托瑞克从中看出了七组脚印，每一组都比他以前看过的印子大许多。

他感到口干舌燥，抽出刀子，顺着足迹绕过一道横岭。

一只小山兔被四分五裂，暗红色的肠子像是废弃不用的绳索一般，丢得雪地上到处都是。砍得乱七八糟的头颅上，瞪着一双惊呆的眼睛，从结冰的眼眶里望着外面。

托瑞克想象兔子被歪歪曲曲一路拖着走，它们撕得它四分五裂，拖行了至少三十步，喷得它的血肉、脑浆洒了一地，到头来却什么也没吃。它们这么做，纯粹只是为了证明它们有这个能耐。

他内心同时翻搅着同情和恶心，一边走一边喃喃替兔子的灵魂念诵祷词。然而他走着走着，不觉也替自己念起了祷词。他告诉过芮恩，欧丝特拉会留着他的命，但他反复思索，留着条命，并不一定代表让他完好无缺。

阵阵汗臭从他衣领飘了出来，远在一天脚程外的狗都闻得到这股味道。我好害怕，它说。

背后突然砰的一声。

他急急转过身去。

松了口气，跌坐在地上。

蕊站在兔子的骷髅头上抬起头，心不在焉地叫了一声，然后就又低下头，啄出一只眼睛。

当他把刀子插回鞘里，狼突然出现在雪地上，蹦蹦跳跳朝他跑来。

〰〰〰

你是不是去追那只鹰鸮了？他们狂喜地纠在一起互相问候之后，托瑞克问他。

"对，"狼说，"可是我没找到小狼。"

"我很难过。"

"狼群姐妹呢？"

"她没事，"托瑞克说，"不过脚掌受了点伤。"

"你很想她？"

"对。"

"我也是。"

狼往空中嗅了嗅。"狗，在很远的地方。"

"它们力气很大，而且有很多条，"托瑞克说，"非常危险。"

狼靠在他身上，摇了摇尾巴。

他们才走了一会儿，红水就从峭壁底下水声潺潺地出现。瑞和蕊先是飞到横岭顶峰，接着又飞回托瑞克身边，不耐烦地大叫，**快，很容易的！**

"才不，一点儿也不容易。"托瑞克说，同时准备和狼开始往上爬。横岭上到处都是刀，邪恶的力量把岩石吓成了数以千计的刀刃，矗立在山边。即使穿了靴子，托瑞克的脚没多久就肿了起来。只走了一会儿，他就发现狼一跛一跛的，狼的脚趾被割得伤痕累累。

**对不起**，托瑞克说。

狼舔了舔他的耳朵。

在极北的时候，托瑞克曾看过拉雪橇的狗脚上套着狗靴，但他现在最多只能从旧背心上剪下几条皮带缠住狼的脚。狼不断探头去看他在做什么，终于皮带牢牢裹住了狼的脚，托瑞克没忘记叮咛他别把皮带给吃了。

由于他一直注意狼的状况，爬到横岭顶峰时，自己都没发现。他伸了个懒腰，吓得差点停住了呼吸。隐形人峡谷早已在他脚下，抬头一望，幽魂山已近在眼前。

峰顶整个穿透云层，白亮的侧峰挡着不让他靠近。**圣地，圣地，属于灵魂的地方，不属于人类。**

他跪下来，洒下大地之血作为奉献。他安静地向高山祈求，原谅他的逾越。

云层围拢过来，遮住高山，托瑞克不知道这个征兆是好还是坏。

在他右边，一道岩屑斜坡陡然切入阴影幢幢的溪谷，前方，望穿团团白云，是一大片通向高山的巨石地，红水自石地中间一个又小又黑的洞口瀑布般倾泻而下。

托瑞克在其中一块巨石上隐约看到了螺旋纹的记号，他忧心忡忡地朝那个方向走去，狼缓步跟在他后面，尾巴垂了下来。

巨石上结了一层随时可能破裂的寒冰，有些地方，积雪深得寸步难行。他们咬紧牙关，走过一个又一个记号，眼下，他们已真真实实爬在这座高山上了。

托瑞克一定要找个地方扎营才行。

他们来到一座积雪深厚的横岭，托瑞克顿时松了口气，要他在这圣地到处搬石头，那还不如设法凿个雪洞出来。

他不敢生火，他缩在雪洞里，拿了片熏鹿肉和瑞、蕊分着吃，狼则嚼食自己的脚靴——由于他脚趾的伤口已经痊愈——托瑞克便把那给了他当晚餐来吃。

夜深了，托瑞克聆听着远方流水潺潺，以及高山的静谧。它虽然让他留在这里扎营，但它也能在一眨眼间将他碎尸万段。

还有欧丝特拉——等在山里的食魂者，究竟会使出什么样的手段？

她以她万无一失的强大力量，已成功鼓动他涉险穿越了峡谷；但只要她念头一起，她随时可以派她的爪牙把他抓走，何况，后天就是“灵魂之夜”了。

托瑞克觉得手臂重重的，那是芮恩的腕套，她好像从不曾离他这么遥远。

他梦到夏天的时候，他和狼在一个浮满了黄色睡莲的湖里玩耍，狼跳起来甩干身上的水，落地时激起一片水花。托瑞克潜进水里，身后冒出一串银亮的水泡，是他在水底的笑声。他笑个不停，突然间一片阳光洒了下来，所有的事情都让他觉得好愉快，他的世界灵魂是一根金线，向外延伸，联结着万物生灵，然后父亲也来了，他微笑地站在浅滩那里。“注意你的背后，托瑞克！”

托瑞克在慌乱中惊醒过来，他听到落石轰轰的声音，以及乌鸦呆板不带感情的警告声。

他火速套上靴子，握住斧头，踉跄地爬出雪洞——只见四面浓雾一片。

瑞和蕊不见了，他只看得见两步之内的景象，他往狼的方向瞄了一眼，只隐约看见一团灰点奔跑在石头上。

不知什么东西朝他滚来，托瑞克发现横岭有些地方崩塌了，几块巨石滚了几滚便静止下来。

狼停下脚步，龇开黑唇，狂然怒吼。

托瑞克顺着他的目光望去，浓雾中，只隐约看到了滚动不停的巨石。

狼发了疯似地吠叫，震得他全身颤抖起来。

托瑞克眯起眼睛一看。

不是巨石。

是狗。

第二十六节

如同潮水滔滔不绝，欧丝特拉的爪牙成群结队穿过浓雾朝他们冲了过来。

它们的体型比托瑞克所见过的狼或狗都更大，横七竖八杂着土块的鬃毛映入他的眼中，充血的双眼空洞无情。

他火速脱下手套，塞进衣袖里，一把抓起斧头。狼在他身旁皱着鼻子，露出利齿。

托瑞克发出一声深沉的低吼。千万别分散。

狼紧靠着他缓缓前进，目光始终不离庞大的狗群。

狗群不发一声地愈靠愈近，它们的注意力全锁定在它们的猎物身上。

托瑞克心里升起一股士气，好，就让我们看看你们打算怎么玩吧。

一只黑色的巨兽扑向他。

他抢起斧头，狼跳了起来。那个东西落荒而逃，消失在浓雾中。

又一只扑上来，接着两只一起上，攻击、消失，但它们渐渐扩散开来，将他们团团包围。

托瑞克知道它们打算怎么做。对狼和狗而言，打猎大多都是这样开始的。让猎物打斗，让猎物逃，找出最弱的那一个，跟在它后面。

最弱的是托瑞克，他很清楚，狼知道，狗群也知道。

他匆匆抓起一块石头，用力一扔，打中了一只斑纹怪兽的肩膀。它的耳朵抽动了一下，仿佛在驱赶烦人的黄蜂。

乌鸦突然从天而降，怒气冲天地伸出利爪划过这些恶犬的背部，没想到狗群竟然毫不理会。瑞和蕊又惊又怕，往上飞高了些，仿佛，托瑞克心想，它们这会儿已在等着分食腐尸了。

他继续扔石头，狗群纷纷退入团团白雾，但他感觉得到，它们的包围愈来愈向他逼近。

手汗让他握着斧头的手滑溜溜的怎么也拿不稳，斧头本来就只利于近距离打斗，但就算当真打斗起来，他也丝毫没有一点胜算。唯

——个可能派得上用场的武器是他的弓，但弓却在雪洞里，离他有五步之远，和离了五百步没什么不同。

一条大灰狗以迅雷不及掩耳的速度，像条蛇似地朝狼冲了过去。狼一个回身，一口咬住大狗臀部，大狗惨叫一声，从狼的利牙中挣脱，鲜血狂喷出来。

狗群不断将他们团团围住。

狼抖了抖身子，毫发无伤。

托瑞克以眼角的余光发现一团黑物朝他扑了过来。他抡起斧头一挥，从侧面击中了脑袋。那个东西砰的一声倒地，紧接着却一蹦而起，像是不曾被击中过似的。

就在狗群步步逼近的时候，那只斑纹兽——也正是狗群的首领——一板一眼地走向前，停在距离托瑞克三步远的地方。托瑞克感觉到狼已全神贯注准备接招。匆忙中，他告诉狼务必坚守岗位。

带头狗呆滞的小眼睛牢牢盯着托瑞克，只在一瞬间，他已看透了它的心思。在它眼中，眼前的这个东西并不是什么男孩，而是一堆可以极尽凌虐，直到再也动弹不得的肉块。而这些黑怪兽的心跳之所以能持续下去，正是因为它们恨透了这些又跑又叫活着的东西——只要是活的，就非毁了不可。

托瑞克强迫自己，硬是移开了目光。

他脑中浮现出自己断了气躺在地上的画面，但他很快便知道那不是真的，死去的不会是他；欧丝特拉既然打算留他活口，那就表示，它们打算让狼离开他，它们打算杀了他的狼兄弟。

两条狗朝他一跳，狼飞冲上前，狂风似地露出一口利牙挡住了它们。斑纹带头狗从托瑞克的后方发动攻击，托瑞克斧头一挥，正中它的肋骨，它惨叫一声，向后退开，但也只退了一步。

正当托瑞克跑过去要帮狼的时候，带头狗再次扑了过来，它一口咬住了他的外衣缝边，硬是把他拖开。他猛烈回击，它灵巧闪开，继续拖着他走，力气大得简直像只熊在拖他一样。托瑞克脚底一滑，差点跌倒。他假装力气用尽，让那个东西把他拖得靠近一点，接着他便放低穿着靴子的那只脚，用脚跟狠狠踹它眉心。一眨眼间，狗嘴松开了，托瑞克赶紧拉回衣服，跟跄跑回狼的身边。

带头狗脸上中了湿搭搭的一脚后，低下头来，准备再次攻击。

三条狗同时扑向托瑞克，四条扑向狼。然而才在半空中，这些恶犬发出尖叫，身子一歪，仿佛后面有什么东西打中了它们。浓雾中不断有石头抛出来，狗群畏缩了，分向四面八方试图找出这个神秘的攻击者。

托瑞克觉得自己好像看到了一袭灰白的身影闪进了浓雾里。

那是谁？他问狼。

无尾。狼告诉他。

石头持续砸向狗群：一会儿从这边丢，一会儿又从那边抛。狗群莫名其妙地离开了托瑞克和狼，持续寻找着这个诡异的攻击者。

托瑞克颤抖着双手，抚摸狼兄弟的颈毛。狼的臀部在流血，左耳受伤了，但他仍目光炯炯，甚至没怎么喘气。

托瑞克却喘得厉害，他的肺吸不进足够的空气。

他很快地思考了一下。不管把狗群引开的人是谁，这人都不可能支撑太久，那么狗群一定会再回来。虽说狼战斗一整天都没问题，但他，托瑞克，却没这个能耐。他很快就会倒下，接着它们就会把狼给杀了。

托瑞克往后看了看，发现横岭边上有一道窄小的裂口，那是高山的裂缝。他朝着那里倒退着走去。

狼抛给他一个警告的眼神。不！

托瑞克继续倒退，狼再不情愿，也只好跟着他一起走。忙着对付石头的狗群完全没有发现。

雪深到膝盖，但托瑞克还是走到了裂口底部。当他的肩膀碰触到坚实的岩石，他大大松了口气！这会儿，他有能耐撑上一整天了：他只需吃雪，挡住只会从前方出现的攻击。

出乎意料地，石头攻击停了下来，神秘的守护者离开了。托瑞克突然感到纳闷，那个人到底是谁，但很快地他没再去想这件事，因为狗群再一次朝他们挺进。

狼在他身边，气馁地竖起皮毛准备战斗。他一直忠心耿耿地追随在托瑞克身边，但这么做他实在无法理解：狼群是不会钻进只有一个出口的地方的。

托瑞克无法对狼解释他的苦衷，因为狼无法理解猎物的思考模式，不过托瑞克轻而易举就能理解，毕竟他曾多次目睹狼群和驯鹿的对峙，深深知道该怎么做才能有活路。狼群和狗群都会去猎捕奔跑的猎物。一旦你成了猎物，你最好的生机就是站定而后战斗。

他是对的，但他把狼低估了。

琥珀色的目光和他交错了短短一瞬间，就在那一瞬间，托瑞克明白了他的打算。狼，不要，这正是它们的目的啊！太迟了，狗群向两旁移动，狼从中间飞越过去，狗群加快速度追了上去。

不过一眨眼间，一切就这么发生，但托瑞克知道，他务必把握这个狼送给他的大好机会。

他把斧头塞进腰间，伸手够住岩石，开始往上爬。

在他跳上裂口之前，他最后一次看到狼的时候，狼正飞冲下坡，身后紧跟着一大群欧丝特拉的恶犬。

第二十七节

狼飞快地跑在岩石上，狗群飞快地在后面追。狼很讨厌逃，但为了救"无尾高个子"，他必须这么做。

狼正朝着一道有雪的大斜坡跑去，他聆听着从那儿吹来的风的声音，知道那里很深，可能和狼一般高。原来如此，狗群打算把他逼到一个即使是狼也走投无路的地方，只不过这种伎俩他早就知道了，他以前猎鹿的时候就用过了，它们以为它们骗得了他？

他放慢脚步，让大步奔跑的带头狗离他愈来愈近，近到他甚至听到了它黑暗的心脏无情的搏动。它张口咬个不停，仿佛已开始在品尝他的鲜肉。

说时迟那时快，狼一来到雪的边缘，立刻用前掌一个回身，侧身跳向结实的岩面。跟在他后面的那只狗太重，完全来不及转身。狼一路快跑的同时，听到它在雪里一边奋力跑、一边乱吼乱叫。狼竖起尾巴，虽然它们的体型比他大，但他可比它们跑得快！

不过也没快多少，它们再次紧追了上来。

他跑过卵石地，完好的那只耳朵转向前，受伤的那只耳朵转向后，倾听着前方的动静。

他嗅到黑暗正朝他快速冲来，而且从那里吹来的风发出轰隆隆的声音，像是从地底传出来似的。突然间，前面再也看不见石头，高山张着大口等着将他吞噬。他轻巧一跳，停了下来，看见对面几步远的地方有一道深渊，渊底深处涌出飒飒寒气。

狼一个转念，当下决定了。他绷紧臀部，开步一跳，用前掌扣住了深渊一侧，转了转尾巴，再用后掌顶住，腾跃而起……他跳了过去。

狗群愤怒狂叫，沿着深渊侧边疯了似地狂奔。狼不屑地抬起口鼻，任何一条狗，即便是这群也一样，都不可能跳得像狼这么远！

不过，好像什么地方怪怪的，怎么狗群的数量比起先前少了一些？

那条带头狗跑哪儿去了？

那条带头狗站在裂口底部看着托瑞克往上爬，目光十分坚定。

托瑞克的手指到处摸寻可以抓握的地方，他的脑海同时出现狼被狗群紧追不舍跑过雪地的画面。狼一个踉跄绊倒了，一条狗咬住了他的侧腹，狗群一举扑向他，将他撕得七零八落……

托瑞克的斧柄撞了他屁股一下，总算把他拉回现实。

狼并没有落到它们手上，他对自己说。如果你相信了，这就顺了欧丝特拉的心意。

裂口约有四个成年男子加起来那么高，但是很窄，刚好可以让他一边撑一脚地爬上去。狭长多缝的花岗岩正好提供了许多手和脚的支点，如果是在夏天，托瑞克一定可以灵巧的像只松鼠似地爬上去，但现在岩石又湿又滑，而且还突着一条条黑冰。他的手指冷得不听使唤，手套连着绳子从袖子里垂下来，可他完全不敢冒险把手套戴上。

他停下来吸了口气，转了转脖子。高山消失在浓雾中，但他隐约看得见裂口的顶端，他已爬了一半了。

"别急，托瑞克。"他好像在心里听到了他的亲人贝尔，坚定冷静的声音。前年夏天，这个海豹族男孩曾教他攀岩。贝尔很有耐心，完全依据托瑞克学习的状况一步步教他。"尽量别让手的高度超过肩膀，这样你的重量才能稳定地落在脚上……还有，脚跟要朝下，托瑞克，踮脚尖只会让你的小腿抖个不停。"

托瑞克的脚跟确实朝下了，但他的小腿还是一直抖个不停。

带头的斑纹狗在下方咆哮了起来。

托瑞克往下瞄了一眼。

冷极了，那无情的目光，一心只等着这块肥肉落入自己的口中。它饥饿的欲望狠狠吮吸着他的灵魂。

他猛然闭上眼睛。别看，他对自己说，别去想，想些其他的事，想想狼、芮恩，还有芬·肯丁。

像是清风吹散了浓烟似的，脑中的黑暗消散了。

托瑞克睁开眼睛，努力让麻木的指头伸出去寻找支点。

他总算找回了他的节奏。先移动一只手，然后移动一只脚，再移动另一只手，接着移动另一只脚。既流畅又顺利，像在跳舞一样。还差一点就到了。

腰间的斧头卡在外露的矿脉上，猛地将他往后拉了一下。

他的双手紧紧攀在岩上，只抬起右腿寻找下一道裂缝，但下一道裂缝太高了，卡住的斧头又让他难以动弹，他的脚没法够到。

他垂下右腿，想找回刚才离开的立足点，他的靴子划过坚实的岩石，却找不到先前的支点。这会儿，支撑他全身重量的左腿开始发抖了，他没办法再往上爬，他得松开一只手，下伸到斧头那里，把斧头抽出来。但这么一来，他便只剩一手一脚攀在岩上，根本无法将他撑住。再一次，他好像又听到了贝尔的声音。"如果你什么都忘了，托瑞克，至少这个别忘。岩石上无论如何都要攀住三个点，一次就只移动一只手或一只脚，千万不要同时移动两个点。"

他的左腿抖得厉害，没办法了，他恐怕得试着硬拉看看。

他用尽力气往上拉，拉得双手指节都发白了。斧头发出刺耳的吱嘎声，下垂扭动的斧柄把腰带拉得愈来愈紧。他的双手因为用力过度抖个不停，他使出全力一跳，差点把自己给摔出去，但总算把斧头抽了出来。他往上移动，空悬的那只脚终于找到了下一道裂缝。

他松了口气，发着抖，让双脚分别落在裂缝两边。他的颤抖总算停了，这时也只差临门一脚。他使劲一撑，跳上了顶端。

他像是离了水的鲑鱼似的，脸颊贴着冷冰冰的石面，躺在地上大口喘气。五十步宽的高原开展在他面前，上方遮蔽着浓雾缭绕的悬崖，处处是从高山滚落下来碎开的巨石。

托瑞克站起身，刺骨的寒风不断吹着他，冷得他头痛欲裂。他解开腰间的斧头，不料手底一滑，斧头竟掉出去，直直落进了裂口。看着斧头哐啷哐啷一路落下，他整个人都吓傻了。

那条狗已看不到在什么地方。

托瑞克凝望着下方，完全无法接受斧头失手掉落的事实。

他感觉有双眼睛正盯着他看。

他转过身。

二十步远的地方，就在悬崖底下的岩石上，鹰鸮族巫师正站在那里。

她那张有如死亡般永恒不朽的面具布满了苍白的碎骨，开在嘴巴的那一道缝像是在无声的狂笑。她一只手握着镶了块火红圆石的权杖，另一只手握着一根猎捕灵魂的三叉耙子。

托瑞克摸找着他的刀子，他知道刀子可能没办法对付食魂者，但那是父亲留下来给他的，它可以给他力量，让他勇敢地站稳脚步。

鹰鸮族巫师的邪气如闪电般瞬间爆裂，震得他往后退了几步。

他想到了被狗群追猎的狼，"叫它们走开。"，他喘着气说。

画在面具上的鹰眼瞪着怒光，裂缝般的嘴巴没发出任何声音。

"叫你的狗离我的狼兄弟远一点！"托瑞克怒声大喊，"你要的东西已经到手了，我人已经在这里了！"

面具人动也不动，但托瑞克却看到她身后展着翅膀般的影子，他感觉到她的仇恨正鞭笞着他的心。

接着，那如梦魇般的面具发出一声狂吼，贯穿了他的头颅。回音持续在岩石间飘荡，愈来愈大声，愈来愈响亮，有如无数骨片穿进他的脑子……

**注意你的背后，托瑞克。**

托瑞克透过肩膀往后看去，想躲却已经来不及了。那只鹰鸮从侧面击中他的头，他摇摇晃晃站在山边，鹰鸮在空中转了个方向，再次扑来。

就在这一瞬间，一只巨大的白鸟从浓雾中俯冲而下，对着鹰鸮伸出利爪。鹰鸮转了个弯，躲开攻击，绕圈飞了过去再次攻击托瑞克。

他一个脚步没站稳，往后掉了下去。

第二十八节

托瑞克醒来时，发现自己飘浮在云层间，云又软又亮，而且香香的，好温暖。

他努力撑开眼睛，透过一层雾霭，他看见白鹿从他头顶跳了过去，白色的狼獾从容、安详地走在白色的旅鼠和柳松鸡群中，一头雪白的麝香牛在一只亮白如霜的乌鸦旁边吃着草。

"我还活着吗？"他喃喃自问。

"应该吧。"一个像是从远方飘过来的声音说。

托瑞克叹了口气。

过了一会儿，他忽然想到，这个声音说得应该没错，因为他仍拥有他的躯体，他的外衣不见了，可是他还穿着背心和内绑腿，而且云搔得他没穿鞋的脚痒得不得了。

"我究竟到了哪里？"他喃喃地说。

"就这里啊。"那个声音平静地说。

托瑞克试着再问清楚一点。"你是隐形人吗？"

停了一下。"我是隐匿着没错，但我不是隐形人。"

雾霭渐渐消散，托瑞克闻到柴烟的味道。他听到滴答的水声和劈啪的火声。他觉得胸口很紧，只有在洞穴里面他才会有这种感觉。

他倏地睁开眼睛。

他躺在兔皮垫上，上面盖着麝香牛毛毯。这个洞穴狭窄得他只用双手就丈量得出大小，但他猜想，这个洞穴应该很深。往前望去，一块鹿皮遮住了洞口，鹿皮边缘闪着阳光；再过来一点，是红红亮亮的营火，托瑞克看到好几堆石南和晒干的麝香牛粪，另外还有一串串被吊挂起来烟熏的药草、香菇和鳟鱼。

墙上有用石膏画上去的白驯鹿和麝香牛，岩架上放满了用板岩雕刻后，撒上石膏的旅鼠、狼獾和松鸡。白乌鸦是真的，它栖息在岩上，正盯着托瑞克看。它的鸟羽、鸟腿、鸟爪，就连鸟嘴全都是白的，但它的眼睛是黑的，而且有着乌鸦独有的锐利。

托瑞克发着抖，坐起身来，觉得晕晕的，且全身酸痛，但手脚还

能活动。他于是猜想，大概是积雪和笨重的衣服减轻了他掉下来的力道。他的头不时抽痛，那只鹰鸮让他头皮上原已扎好的伤口又复发了。

那只鹰鸮。

所有发生过的事情全在一瞬间回来了。

"是谁？"他说，"我的刀呢？狼在哪里？"

没有回应。

托瑞克跌跌撞撞走向洞口。

"站住！"那个声音大喊着。

托瑞克听到脚的跑步声和爪子的抓刮声，他推开鹿皮门帘往外走，迎面立刻扑来一阵寒风。一双手将他从白茫茫的落雪中揪回洞里，他一骨碌坐下，狼马上扑了上来，不断用鼻子舔他的脸，高兴地呜呜叫个不停。**你醒了！我最讨厌一直不停的睡觉！我来了！**

托瑞克伸手摸了摸狼的颈毛，抬头看着那个救了他的男孩。

他看起来和托瑞克差不多年纪，脏兮兮的，个子瘦小，眼睛眨个不停，同时用手遮着眼以免照到光线。他穿着一件毛茸茸的袍子，是用麝香牛的毛皮做的，他的身上看不到任何氏族图腾，但这些其实都还不是他让人觉得怪异的因素。

他的模样，让人感觉像是什么人把他的血色给偷走了似的。他散乱着一头长发，白白的像蜘蛛网一样，眉毛和睫毛看起来像枯草，脸苍白的宛如刚凿下来的石膏。他苍白的双眸让托瑞克想到雪花飘飘的天空。

"你是谁？"男孩的声音，恐惧中带了期待，感觉很古怪。

"你究竟是什么人？"托瑞克大声喝斥，挣扎着想起身。"你拿走我的衣服和我的刀，把东西还给我！"

男孩撑开嘴唇，露出牙齿笑了笑，仿佛已有一段时间没使用过嘴巴似的。"你的刀没事。"他指向一座岩架，"你头晕了，是我给你催眠让你睡着的，你说了好多话。"

"你分明就是她的爪牙！"托瑞克大吼起来。

"谁？"

"欧丝特拉！"

"就是霸占了高山的那个人吗？"

"你明明知道，别再装了！"

"噢对！我当然知道，我见过她。"

托瑞克发现他的眼圈颜色很深，看来这个男孩夜以继日一直活在恐惧中。

要不，就是他太会说谎了。

"你一定是她的爪牙！"托瑞克认定地说，"不然你怎么会在这里？"

"我一直都在这里啊，我……"他突然住口，转过头听着周围的动静，"我马上就来。"他大喊了一声。

"那是谁？"托瑞克怀疑地问。

"你该休息了，"男孩催促地说，"你头晕了。"

他话才出口，眩晕的感觉就更沉重了。"你是巫师吗？"托瑞克问，"你想要我感觉什么，我就会有那种感觉。"

"巫师？应该不算吧。"

狼舔了舔托瑞克的手。托瑞克迷迷糊糊地看到他狼兄弟的伤口都已清理干净，涂上药膏，而且他好像对这个陌生人很放心。

"一开始他根本不让我靠近你。"男孩一边说，一边伸出手指让狼闻他的气味。

"你为什么要对我催眠？"托瑞克说，抗拒着不想让身子倒下去。

"我得离开这儿去检查我的陷阱，我不能让你跑掉。"

托瑞克跌跌撞撞地走过他身边，一把握住他的刀。"把我的衣服还给我，让我出去。"

洞穴旋转起来，男孩温和地拿走他的刀，让他躺在鹿皮垫上。

当托瑞克再次醒来，他已躺回麝香牛毛毯底下。

而且他的手脚全被绑了起来。

〰〰

"放开我。"

"不行。"

"为什么？"

"你一定会跑掉。"

"可是我不能一直待在这里！"

"为什么？"

托瑞克不再挣扎，冷眼瞪着这个扣住他不放的人。

男孩的鹿皮靴上有胡乱用旅鼠皮补缀的补丁，做他这件袍子的人显然从没学过怎么用针线缝制衣服。他坐下来，双手放在膝间，若有所思地望着托瑞克。

"你究竟是什么人？"托瑞克问。

苍白的睫毛晃了一下。"我叫'黑暗'。"

托瑞克不以为然地哼了一声。"他们为什么给你取这种名字？"

"他们没替我取名字，我还没有名字的时候，就被他们丢弃了，所以我自己选了'黑暗'这个名字，我觉得这名字说不定可以帮上什么忙。"

托瑞克闪过一丝同情，但他立刻就把这个感觉压回心里。"如果你和欧丝特拉没有任何关系，为什么她没把你杀了？"

"我都是用我的弹弓来挡她的狗和鬼孩子，狗群攻击你的时候，我就是用这个帮你的。睡觉的时候，阿尔克会帮我注意。"

"阿尔克又是谁？"

白乌鸦依旧栖在石上，抖了抖它头上的羽毛。

"只要欧丝特拉想要你的命，"托瑞克说，"她就一定会想出办法来。"

　　"没错，我觉得她很喜欢大权在握的感觉，对她而言，我不过就是个猎物。"他撑开嘴，对托瑞克露出一抹怪异的笑容。"不过我现在有你，我再也不是一个人了。"

　　托瑞克想不透他究竟是什么人。他骨瘦如柴，却有办法把托瑞克拖进他的洞里，而且还把他牢牢捆住。狼对着捆绳嗅了嗅，托瑞克偷偷用狼语哼哼唧唧叫他咬开他手腕上的捆绳，狼却只对着他的手指头舔了几下。

　　"你饿了吗？"黑暗说。

　　"不饿。"托瑞克没说实话。"你究竟是什么人？你为什么会在这里？"

　　黑暗从袍子里拿出半片鳟鱼干大嚼起来。"我还在我妈妈肚子里的时候，有一只白色的山兔从她面前跑了过去，结果我生下来就长成这样。"他摸了摸他蛛网般的白发，"我妈妈说，我跟她一样，是天鹅族的人，但是当我年纪大一点的时候，我开始看得见一些东西，然后他们就说我会带来噩运。我妈妈很保护我，可是她在我八岁的时候死掉了，第二天，父亲就把我带进这座峡谷。我本来还以为他是要帮我刺上氏族图腾，可是他却丢下我，自己走了。我把沿路的记号都清楚地留下来，以免他找不到我，结果他却再也没有回来。"

　　"你难道没试着自己找路出去？"

　　"噢！没有，我知道我得留在这里。"

　　托瑞克想了想。"所以说，你从那时候开始就一直待在这里，直到现在？"

　　黑暗指了指岩架上塞得到处都是的石雕动物。"一个就代表一个月。"

　　"可是，那也差不多过了七个冬天啊，你是怎么活下来的？"

　　"是很辛苦。"黑暗一边说，一边挑出牙缝中的鱼骨头。"最初的三个冬天，还有人留食物给我，后来就什么都没有了。我冷得要命，还好有麝香牛的毛皮。还有一次我牙齿坏掉，痛得不得了，只好

拿石头敲掉一些牙。"他停了一下，"我一个人好孤单，后来我发现了阿尔克，当时有几只乌鸦在啄它，因为它是白的。我给它取名叫阿尔克，这是它对我说的第一句话。"他露齿一笑，"它很喜欢它的名字，它常常喊这个名字。"

"所以说，一直以来，这里就只有你和这只乌鸦？"

"还有幽魂。"

狼站起身，小步跑进洞穴深处，黑暗转头倾听。

"你——看得见幽魂。"托瑞克说。

黑暗平静地点头。

洞里非常安静。托瑞克说："之前在跟你说话的就是幽魂吗？"

"我姐姐，对，不过因为她已经成了幽魂，她根本就不记得她是我姐姐了。"

托瑞克凝神望向洞里的幢幢暗影，但他眼中看见的就只有狼坐在地上，甩着尾巴。他说："那你曾经看过一个长得跟我很像的幽魂吗？他有一头深色的长发，身上刺了狼族的图腾。"

"没有。那是谁？"

托瑞克没有回答。"那我们现在是在高山里吗？幽魂山的里面？"

"是啊。"

"这里还有其他洞穴吗？"

"多得很。我很喜欢耳语洞，因为那里有很多幽魂。但是自从她霸占高山之后，我就再也没去了。她带了好多厉鬼来，还有一颗冷冰冰的红石。"

托瑞克的心开始噗通噗通狂跳。"你都是怎么到那里的？要怎么到耳语洞？"

"有很多条路。"

"带我去。"

"不要。"

"你非带我去不可。我睡了多久？"

"嗯——大概两天吧。"

"**两天？**"托瑞克大叫起来，"那不就表示，今天晚上是'灵魂之夜'！"

他的喊声引得狼赶紧跑回他的身边。

这下托瑞克明白了，原来这就是欧丝特拉放他一条生路的原因：因为之前的他并不明白，将他像苍蝇陷在蛛网里那般困住，直到她想用他时才用，而这便是她最感满意的方式。

"黑暗，听我说。"他一边说，一边强使自己冷静下来，"今天晚上，那个食魂者将会做出可怕的事情。我不知道她会怎么做，但我知道她打算收服亡者，然后利用它们来控制生者。你一定要放我出去！"

"可是你在睡觉的时候说她想杀你，你一定要跟我留在这里，你在这里很安全。"

"过了今晚，不管哪里都不安全了，她的力量将强大的让你难以想象！有亡者任她使唤，高山、森林、海洋都将落入她的手中！"

"什么是海洋？"黑暗问。

托瑞克怒声一吼，整个洞穴都震动起来。

狼把耳朵往后一贴，发出一声哀号。

阿尔克啪啪地拍动翅膀。

托瑞克用尽全力，控制住自己的情绪。"也许这可以说动你，虽然我不是十分清楚，但我知道我父亲的灵魂和她有牵连。如果我能阻止她的话，说不定我就可以帮上他的忙，现在你明白为什么一定要放我出去了吧。"

黑暗怪异的脸上闪过一道阴影，突然间，他看起来老了好多。"我父亲丢下我，自己走了，他再也没有回来。"

托瑞克气得直咬牙。"那如果需要你帮忙的是阿尔克呢？你一定会设法去救它的，不是吗？"

黑暗拧绞着白如石膏的双手，直绞得指关节嘎嘎作响。托瑞克看得出来他很矛盾。"过了一个又一个冬天，我就这样一直在这里。"他说，"你是第一个人，第一个活生生的人。"

阿尔克感觉到他的焦虑，飞过来停在他的肩上。

狼忧心地看了看托瑞克，然后望向黑暗，接着又望向托瑞克。

托瑞克静静等着。

黑暗摇了摇头。"不行，我不能放你出去。"

第二十九节

"一天，"芮恩跛着脚走过一块块巨石时，她说，"这是我唯一的要求，一天！"

一颗石头咻的一声落下，在她身后整个碎掉。

"对不起。"她低下声对隐形人说。

他们很不喜欢她大声说话，他们根本就不喜欢她这个人，但他们却忍她忍到现在，也许这是因为她会在每个路径记号上都放上几捆花楸树枝的缘故。

托瑞克离开两天了，天鹅族的人本来想马上就走，但芮恩坚持要他们在谷口这里暂停一下。她绝望地在营帐里过了一天，咬着牙，一心盼着脚踝快点好起来。第二天早上，她骗天鹅族的人说她的脚好多了，所以她要出发去找托瑞克。他们没怎么拦阻她，只简单地给了她一些补给品，就目送她离去。

一开始还挺顺利的，托瑞克走过的路还算好走，所以虽然她的脚踝很痛，慢慢走她还挺得住。只要一听到什么声音，她就吓得跳起来，不过她的巫师本能告诉她，欧丝特拉的爪牙离这里还很远。到了下午，她发现了一个令她精神大振的东西：一座利用岩石搭盖的营帐，显然出自托瑞克之手。晚上她便住在那座营帐里，盘算着追到他的时候该跟他说些什么，想着想着她就睡着了。

醒来时，她全身冰冷、僵硬且吓得发慌，暗淡的斜月高挂在清晨的空中，明天晚上就是"灵魂之夜"了。

才走了一会儿，她就发现一只山兔的骨骸，尸身已被乌鸦吃了个精光。这并没什么奇怪，然而她的手却伸向了她的氏族动物毛皮。空气中飘浮着满满的恨，这里曾发生过不好的事，邪气已渗满了这里的岩石。

那应该已发生了好一段时间，但她还是忍不住一直发抖。她的靴子吱嘎吱嘎地踩在结冰的灌木丛和黑地衣上面，它们像煤渣一样一踩就碎。水袋咕嘟咕嘟的声音很像脚步声。她停下来，想确定那些声音不是脚步声。

"这都不是真的，"她大声地说，"根本没有什么东西在这里。"

石头绷得紧紧的，她觉得隐形人在看她。

欧丝特拉也一样在看。

云层开始在山崖边缘聚拢，悄悄吞没了整座峡谷，用湿冷、黏稠裹住了芮恩。欧丝特拉并没派她的恶犬来赶走她，她根本不需要这么做。

眼角的余光中仿佛有个张着翅膀的影子闪掠过去，芮恩感觉到鹰鸮族巫师来到了她的身旁。浓雾滑过她的喉咙，窃取她的气息。她的脚踝不断抽痛，她的勇气一瞬间跑得无影无踪。既然她无论如何都注定要失败，到底在坚持什么？

她突然有种怪异的感觉，好像她正在上面看着下面的自己。她看到自己，一个跛脚的女孩，畏缩地困在一座深谷里。她根本不可能找到托瑞克，因为他一心想死，一心想和他的父亲再次聚首，所以他一心想独自面对欧丝特拉，所以他早就走得远远的，很快的，这些愿望就会实现了。

远远的，一只乌鸦低沉地呱呱叫着。

芮恩抬头一看，是瑞。

没多久，就在更远的地方，她听到了蕊的响应。

芮恩听着它们的叫声渐远渐无，不觉握紧拳头。瑞和蕊的声音听起来不像是遇到了什么困难，倒像是专注于什么攸关它们乌鸦的神秘事物，大概是食物方面的事吧。

一想到食物，她的肚子立刻咕咕大叫，管它有没有浓雾，总之她饿了。

她打开食物袋，拿出两条用大豌豆串起来的烟熏鹿舌，然后找了块巨石，坐下来开始吃。这真是她吃过的最棒的食物。

她决定让她的弓也来吃点东西。吉克沙凯给了她一大袋驯鹿足关节的油，他告诉过她，若想让木器和腱条柔软灵活，甚至不受天寒的影响，绝没有任何东西比这种油更好。芮恩慷慨地替她的弓涂上大量的油，接着她又检视她的箭：这是克鲁寇斯里克送她的礼物，箭首是细致的石英，上头插了白色的鸮羽。"好个鹰鸮。"她屏着气息悄声说。

浓雾愤怒地团团将她围绕。

食物、油、箭，这些东西都是由好心的人为她准备的，他们送她衣服，也是希望能把勇气和温暖传送给她。山兔族的人曾说，他们向来都用驯鹿胸口的毛皮制作长袍的前襟，"因为在大角的胸中，跳动着一颗伟大的心。"

**一颗伟大的心**。芮恩不禁想到了芬·肯丁，便更加挺直了身子。"我是乌鸦族领袖的至亲，"她对着浓雾说——坚决的语气令浓雾扭拧蠕动，"我是芮恩，我是一名巫师。"

当她开步向前走，浓雾似乎没有像先前那么浓厚了。

面对前方的困难，现在的芮恩比起先前更有信心了，她把所知的欧丝特拉的计划一遍遍反复思索。

鹰鸮族巫师想要永生不死，她想要吃掉托瑞克的世界灵魂，接收他的力量。

芮恩停了下来。

到这一刻为止，她从没去思考欧丝特拉打算用什么方法来达成她的目的。但如果她能想出她会使用的方法，那么她或许还有机会阻止得了她。

芮恩能想出的最好的方法就是莎恩告诉过她的一个扣留灵魂的仪式。如果有某个母亲或父亲因为小孩过世伤心过度，以致濒临疯狂的边缘，就会进行这项仪式。他们的巫师会把刚脱离肉体的灵魂抓住，放入花楸树皮做的盒子里，再用亡者的一缕头发把盒子紧紧绑住。哀悼者必须和氏族隔离，陪伴盒子里的灵魂，独自生活六个月后，才能在山顶打开盒子，烧掉头发，放出里面的灵魂，这么一来，那一缕烟就会飘荡到空中的第一棵树。

芮恩匆匆脱掉手套，抓了抓头。这跟欧丝特拉会有什么关系？

她的手指停了下来。

**头发。**

你的头发里有着你一部分的"纳路亚克"，那也正是死亡面具标示世界灵魂的印记要画在额头的原因。

芮恩恍然间明白了，所以冰风暴之后的那一晚，托卡若思想要找的就是那个东西。托瑞克的头发。如果欧丝特拉能在"灵魂之夜"以前拿到他的头发，那么她便可以接收他的世界灵魂，以及他的力量。

这真是太容易了，或许这也解释了为什么欧丝特拉会派出她的托卡若思。她一直就想嘲弄他们、告诉他们，不论何时，只要她想拿到托瑞克的头发，她都能轻而易举地办到。

芮恩加快速度，开始拼命跑，她吃力地走过层层积雪，滑下结了冰的碎石斜坡。她跑过一片熊莓果园，果子红艳得宛如溅了满地的鲜血。

一只大鸟突然从上空快冲下来，和她的帽子擦掠而过。

它规律的拍翅声逐渐远去，芮恩找了个岩石躲在后面。拍翅声又回来了，声音很响，她想，不像是鹰鸮。

瑞栖在岩石上，急促、激动地格——格——大叫！

芮恩紧张地歪嘴一笑，瑞急急飞上天空，又走了。咯！

一见芮恩没跟上来，它立刻飞了回来。

芮恩噘了噘嘴。托瑞克的足迹明明往前直走，可瑞却要她跟着它走到小峡谷下面。

咯！它不耐烦地大叫了一声。

芮恩跟了上去。

没走多久，雾就变薄了，她隐约看见岩石上躺着什么东西。瑞和蕊盘旋在那上方，像是绕着死尸飞行。

芮恩胃部一阵剧烈痉挛，那的确是具尸体。

就在她跟跄走过去的时候，咔地发出了一个声音。

第三十节

"深色"发出刺耳的咳嗽声，侧腹也因此一上一下地起伏。

芮恩跪在它身旁，母狼抬起头，勉强咬了她一下，打了声招呼，但这已超过它的体力负荷，它又倒了回去。

芮恩立刻脱下手套，把手放在"深色"身侧。她摸得到它每根肋骨，可见母狼已有好几天没吃东西了。

它这一路是怎么走到这儿的？

芮恩想象"深色"受鹰鸮攻击之后，拼命地从河里挣扎出来，不断往前，带着一身的伤，一心想找回小狼，誓要找到它的伴侣。也许它是被狼的嗥叫引到这里的，也或许是它们心有灵犀。

狼的恢复力很强，就算是人类中最强健的也比不上。母狼逃过冰风暴后，设法穿越石山来到了这里。芮恩想起克鲁寇斯里克曾提起过，有猎人发现死狼后，留下食物喂养狼的灵魂。也许他们发现的就是"深色"，也许正是这些陌生人的好心肠救回了它一命。

芮恩扯开食物袋，放了一条肉干在母狼嘴边，"深色"理都不理。

瑞飞下来，悄悄凑了过去。

"不可以！"芮恩大声斥责，"它比谁都更需要食物！"

乌鸦责备地望了她一眼，昂着头，走到一旁生闷气。

芮恩轻轻把肉推得更靠近一点，还是没半点反应。

芮恩感到很纳闷，伸手摸了摸它其中一只黑色大脚。

"深色"全身紧绷，发出一声低沉的哀鸣。

芮恩的惊恐更深了，母狼脚上的肉趾热得发烫，她终于发现"深色"的鼻子毫无光泽，舌头的颜色带了点灰。

芮恩弯身靠向它，却被一股臭味弹了回去。让母狼一蹶不振的并不是饥饿，鹰鸮的爪子划破了它的前腿，伤口从肩膀直到脚，正在恶化，芮恩看见伤口不断流渗出恶心的绿色浓汁。

她很快地想了一下，"深色"躺着的地方正好是岩石下的洞穴，要在这里搭个营帐不会花上太多时间，之前在小峡谷的时候，她曾经

经过一丛石南，克鲁寇斯里克都用石南来点火，她药袋里还有草药，那是她离开天鹅族的时候重新添满的，而且她也懂得一种治疗咒。

突然间她担心起来，这么做很可能会减低她找到托瑞克的机会，但她旋而告诉自己，这只会耽搁一点点时间而已。帮"深色"包扎伤口，哄"深色"吃点东西，再来就让它留在这里复原，这样能花上多少时间？

打定主意之后，芮恩立刻动手。很快地，营帐搭盖完成，一小团火也点好了。在一块曾有猎鹰停下来啃食猎物的巨石底部，她发现了一个小小的鼠头骨，这刚好可以用来退烧，效果很好。最棒的是，巨石上面的深紫色大便使得她发现了附近一棵杜松，用这来下治疗咒，将产生十分强大的效力。

她回到"深色"那里，煮了热水，用碾碎的酸模根、鼠骨和杜松果炖了药汤。用雪催凉之后，她滴了几滴药汤在母狼受伤的肩上清洁伤口。

"深色"发出哀鸣，全身摇晃个不停。

她咽了口口水，又试了一次，结果完全一样。

她真希望自己是托瑞克，知道怎么说狼语。如果她能告诉"深色"这么做是在帮助它，那该有多好？"'深色'，拜托。"她说，"我这是在想办法帮助你。"

"深色"一只耳朵转了一下。

"你得让我清理你的伤口。"

琥珀般的绿眼一接触到她的目光，随即悄悄移开。

也许这么做就对了，芮恩心想，说就是了。

"我——我很难过小狼的事，"她结结巴巴地说，"也很难过那只鹰鹇这样伤害你，不过狼还活着，你一定会再见到他的，只是你得让我帮你才行。"

"深色"仍然绷得紧紧的，长腿上的肌腱都凸了出来，跟条粗绳没两样，但它在听她说话。

芮恩继续说着话：柔声、持续地说，希望母狼能从她的话声，听出她并没有恶意。

她再一次把药水滴到伤口上时，"深色"安静地躺着没动。

清洗受伤的那条腿是最耗时伤神的。芮恩放手将她能做的都做了，接着便把膏药准备妥当。她把杜松果嚼烂，把酸模根连同大地之血和杜松的韧皮纤维一起磨碎，再把东西加在一起捣成热乎乎的药糊。

她屏着气小声念咒，弯身靠向它，把膏药藏在背后。

"深色"露出一口阴森森的白牙。

芮恩呆住了，涔涔汗水从肩胛骨间流淌下来。

一见母狼的口鼻松下来，芮恩这才慢慢拿出膏药。

"深色"甩了甩头，靠向芮恩的脸，芮恩立刻感觉到它热乎乎的气息。她望向那口张得大大的嘴巴。"没——没事的，"她支吾地说，"让我帮你上药吧！"

母狼的嘴巴松弛下来，躺回原来的姿势，闭上眼睛。

芮恩发着抖，把膏药敷在伤口上，"深色"一动也不动。

乌鸦悄悄靠近，叼起肉立刻逃走，汗流浃背的芮恩根本没力气管它们。她听到它们呱呱吵了起来，然后羽毛懒洋洋的沙沙作响，它们已经准备要歇息了。

**要歇息了？**

她缓缓爬出营帐。

就在她照顾"深色"的同时，一天便这么悄悄溜走。这会儿，托瑞克很可能已经到达幽魂山了。明天晚上太阳下沉之后，那便是"灵魂之夜"了。

来不及了，芮恩看出了欧丝特拉的诡计。这个食魂者之所以让"深色"千里迢迢跑到这里，目的只有一个：分开芮恩和托瑞克。难怪恶犬始终没有出现，因为它们另有猎物。它们将会在某个荒无人烟的地方，把托瑞克和狼逼向绝境。芮恩看到它们邪恶的头缩在两肩之

中，步步逼向它们的猎物……

她生气地甩开这些念头，钻回营帐，一进营帐，便发现"深色"在睡梦中不断抽搐。

芮恩紧咬着嘴唇，她知道她一定得在这里过夜。可是接下来呢？她该不该留下来照顾"深色"？还是就把母狼留在这里试试运气，然后自己赶紧追上托瑞克？

狼的治愈能力比人类快得多，但即便如此，伤口还是需要清理和包扎，这么一来，也许就又耗掉整整一天。

芮恩不知道该怎么办才好，她的心里像是有根绳子在拉扯，一端是忠诚，另一端是爱。

在她身边，熟睡着的"深色"尾巴突然砰一声落地。它露出一脸微笑，口鼻微微发颤，发出热切渴望的低鸣。

芮恩的心一阵抽痛，觉得它好可怜。"深色"正在梦中呼唤它死去的小狼。

过了一会儿母狼醒了，它的眼里一度闪闪发光，但梦境转眼即逝，它沮丧地叹了口气。

芮恩温柔地轻抚它的前掌。倘若她前去找托瑞克，结果"深色"死了，以后她该如何面对狼？她该如何面对自己？

她不再疑虑了。如果她违背了自己与"深色"的约定，那么不管幽魂山上发生了什么事，欧丝特拉也还是赢家，毕竟母狼已受尽了悲苦的煎熬。即使芮恩的灵魂大声疾呼想去找托瑞克，她的心却打定了主意。

她要留在这里。

# 第三十一节

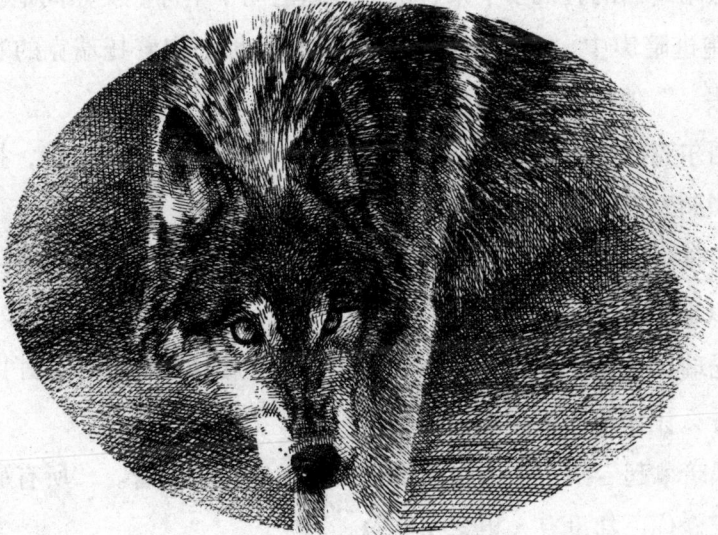

托瑞克陷入了暴怒的沉默。黑暗一直喋喋不休地谈他的事，问一大堆问题。这个绿色的东西是什么？是腕套吗？谁做的？养父是什么意思？他爱你吗？为什么这个药袋是用天鹅脚做的？这个鹿角是做什么用的？谁做的？你母亲？她爱你吗？

"对！"托瑞克吼着回答。"灵魂之夜"就快到了，而他居然还在这里，像只松鸡似地被绑了起来，任凭这个怪男孩翻看他的行李。

"鹿角上方绕了一根红色的头发，"黑暗注意到了，"那是你母亲的头发吗？"

"不是，那是一个叫芮恩的女孩的头发，别碰。"

黑暗瞄了他一眼。"她是你的伴侣吗？"

"不是。"

"那你喜欢她？"

"当然。"

"而且她也喜欢你。"

"对。"他厉声吼道。

黑暗苍白的脸沉了下来，泛白的睫毛动个不停。突然间他扔下药罐，跑进暗影中，过了一会儿再出现时，手上抱着托瑞克的衣服。"拿去。"他把衣服扔在地上。

阿尔克低沉地呱叫，上下拍动翅膀，狼嗅着门口的皮帘，托瑞克盯着黑暗。

男孩出乎意外地抽出刀子，砍断了托瑞克的绑绳。"你自由了，你可以走了。"

托瑞克一刻也不迟疑地穿上衣服，系上腰带的时候，他开口问，"是什么让你改变了心意？"

黑暗拿起岩架上一个石雕狼獾，生气地瞪着它看。"所有那些人都会想念你，却没有人想念我。"

托瑞克愣了一下。"我很抱歉。"

黑暗放下石雕动物。"我会让你出洞的。"

这个洞穴远比托瑞克想象的还深。狼轻声走在他后面，他跟着黑暗一头蜘蛛丝头发发出的亮光走。壁面愈来愈窄，雪白的驯鹿和麝香牛牢牢盯着他看。他想起了其他那些住在暗影里的居民，开口问："你姐姐她……"

"今晚是'灵魂之夜'，她已经跟大家一起离开了。"

托瑞克感觉到冰冷的空气，心想他们应该已到出口了。

黑暗在他腰间塞了把弹弓，在他眼睛四周绑上挡雪面罩。托瑞克割断手套上的系绳，为了不让它们碍手碍脚。黑暗踢开一枚花岗岩楔子，转开一块巨石，然而当他跪下来正要爬出去时，托瑞克说："等等，我需要你帮个忙。"

上次他戴上死亡面具，已是三个冬天前的事了。当时他准备要去猎捕厉鬼附身的熊，于是芮恩帮他做了这件事；现在得让黑暗来帮他，用大地之血在他的胸骨、脚跟和额头各画上一个圆圈。

黑暗一边用纤细的手指搅动红土一边说："这我记得，这是帮死去的人画的。"

托瑞克没回话。

黑暗很轻巧、很熟练地画着圈圈，让他十分放心。"还剩下一些，"画完的时候他说，"你应该涂一些在头发里。幽魂会出现，你应该不希望他们离你太近。"

黏稠的红泥令托瑞克的头皮发冷，不过他却感到出奇的舒服，也许这是因为他过去曾是红鹿族人的母亲也曾在她的发间涂上红土。

他把最后一些红土涂在狼的耳间，再过不久，他的狼兄弟就要落单在这高山上，这也许可以保他平安。

一想到要离开狼，他就十分难受，然而一想到要带他进入耳语洞，看着他死去，他也一样难受。

狼急躁地嗥叫一声，一骨碌钻出山洞冲了出去，阿尔克和黑暗跟在狼后面，托瑞克殿后，慢慢走入了狂烈的寒冷。

他发现自己站在一道满是积雪的陡坡上，浓雾散尽，天空弥漫着鬼气森森的黄。再过不久，高山就要把它的幽魂放出来了。

当托瑞克的眼睛渐渐适应了这里的光，他终于知道他们现在正在山上面东的一侧，而他之前攀爬的裂口则是在某个朝西的地方。抬眼望去，幽魂山穿透天空，尖峰在落日最后一抹余晖中闪闪发光，"鬼时"就快到了。

阿尔克高高飞在空中，白色的翅膀熠熠生辉。狼四处乱跑，疯了似的东闻西嗅，并且不时停下来，看着那些在山坡上移动的东西：那是托瑞克看不到的东西。

黑暗利用岩石遮掩，巧妙地关上山洞入口。"那条就是去洞穴的路，"他一边说，一边指着，"只不过那里很陡，所以我们必须先往东走，然后再绕回来。"

坚硬的雪层变化多端，黑暗教托瑞克如何把脚趾卡进雪中。"你必须直直地卡进去，不然你的脚就会往外滑出去。"下面有道雪坡突然断裂、爆开，这让托瑞克清楚地看到，如果他走错一步，将会有什么后果。"跟我来。"黑暗越过肩头大声地说。

他的声音十分响亮，托瑞克想叫他小声一点，但他随即心想，这有什么大不了的？欧丝特拉早就知道我们在这里了，这不正是她想要的？

他突然觉得自己即将要去做的事疯狂至极。他没有斧头、没有弓箭、没有任何计划，唯一有的就只是找到前往耳语洞的路，然后，还有什么呢？他怎么会以为自己有办法打破鹰鸮族巫师的力量？他将会和那只丧命在恶犬口中的山兔一样，无助地任人宰割。

我是不是疯了？他觉得很奇怪，还是因为我离天空太近了？

芮恩早已透过她那双灵动的黑眼睛，把她的心思清楚地告诉了他，托瑞克好想念她，想得好像自己都生病了。

"我们要从这里绕过去。"黑暗说，等着他跟上来。

狼站在黑暗旁边，摇着尾巴大口喘气。他感觉到托瑞克的痛苦，小步跑到他身边，用脚掌拨起阵阵晶亮的雪花。**有我陪着你**，他告诉

托瑞克。

"就快到了。"黑暗说。

他们踏着沉重的脚步，眼中闪着落日的余晖。托瑞克往下看了一眼，发现黑影一路窜上高山，再过一会儿就是"灵魂之夜"了。

"到了。"黑暗静静地说，"那就是入洞的路，'大疤'。"

托瑞克以手遮眼，看见高山正面有一道砍痕，两侧的石壁各凿着一只手。权力分界线从两只手的中指放射出来，为的是挡住邪魔。

没有用。两只手都被爪子凿出了印痕，掏空了力量，难怪欧丝特拉能够进到里面去。

托瑞克感觉到"大疤"的气息冷冷拂过他的脸，冷得他身上的大地之血又干又硬。就在那里面，死亡正等着向他发出召唤，或更糟的是，等着他的是失去自己那种难以想象的惨状。

他每一分每一毫的灵魂都在抗拒，我不要！对抗欧丝特拉就交给别人去做吧！没什么理由非要由我来做不可！

他飞快地逃了，毫无目的地往山坡上爬，结果绊了一跤，跪了下来。

他抬起头，发现他这一逃，反而让他来到了更高的地方。他看见了直到前一刻为止都还看不清楚的那座高山，它确实是最东边的一座山峰，但望过去，却没看见世界的边缘，远远的在下方，不断绵延直到地平线那端的，居然是另一片森林。

托瑞克怀着敬畏，隐约看到了花楸、桦树、橡树和榉树；高耸的松树和云杉正守护着它们休眠中的姐妹。他曾进入西方森林中最古老的一棵树里心灵行走，而此刻，他听到了来自东方森林的呼唤。**我没有尽头、不屈不挠**，它在他心中低声呢喃，**我给予我的居民一切生命，为我战斗是值得的**。

顽抗的决心如烈火般在托瑞克的灵魂深处熊熊燃起，如果他现在就放弃，那就等于让欧丝特拉得其所愿，接下来再没有一寸土地能得到安宁。食魂者一定会撕裂生灵和亡者之间那一层表皮，到时候，世界就完全失去了和谐。

太阳落下了，森林的亮光渐渐消退，"鬼时"已经到了。托瑞克步履艰难地走下山坡，回到狼和黑暗等着他的地方。他慢慢走向"大疤"。

只差两步就到了，他停了下来。"好好照顾狼，"他对黑暗说，"我得自己先走了。"

黑暗吓了一跳。"可是，我们要跟着你一起走的！你需要我替你带路。"

"黑暗，我想我是不会活着出来了，没道理让你跟着我一起送命，至于进去的路……"他吞咽了口口水，"我想里头自会有人帮我带路的。"

他跪下来，跟狼说最后一声再见。**再见了狼**。这怎么可能是真的。

千万不要去想狼被留在山上之后的情景：困惑迷惘，怎么也不明白为什么他的狼兄弟要弃他而去。

狼凑着他的脸颊轻声哼叫，托瑞克感觉到他的胡须搔得他好痒，还有他的气息温暖极了。**狼兄弟**。那对金光闪烁的眼眸叫着他，闪亮的宛如浸在蜜中的阳光。

狼不懂什么预言，也不知道欧丝特拉可怕的计划，但他就是要跟随着他的狼兄弟，即使是要进入可怕的"大疤"也不会改变。

托瑞克哽咽地哭了一声，把脸埋进狼的颈毛里。狼柔声低鸣，舔着他的脖子。**有我陪着你**。

把狼丢下来就是背叛，是他永远都不会明白的背叛，那将会是他永远无法愈合的伤口。

"我做不到，"托瑞克声嘶力竭地喊道，"我在哪里，他就在哪里。"

他站起来，看到"大疤"里头有道光影闪了一下。

狼垂下头，大声咆哮起来。

"你看到了吗？"黑暗小声地问。

洞穴深处，一只托卡若思蹲伏在暗影幢幢的石柱上。

厉鬼的眼睛透过肮脏纠结的发丝，闪出邪恶的光彩。静默中，这个东西举起它一只泛黄的爪子指了指托瑞克，接着又把它骨瘦如柴的手臂甩向黑暗深处。

托瑞克越过肩膀，对着他即将告别的世界看了一眼，然后他让狼陪在他身边，兄弟俩一起走进了"大疤"。

"我要跟你们一起去！"黑暗大声说。

无形的双手把一块巨石推向入口，将他关在外面。

那同时意味着，高山已将托瑞克和狼吞了进去。

第三十一节

芮恩面对庄严神圣的高山跪了下来。

"灵魂之夜"。她感觉到幽魂的存在，而高山，正是属于这些幽魂的所在。

她颤抖地伸出双手，献上大地之血和肉，喃喃乞求高山放她通行，接着她把剩下的红土抹在发上，保护自己避开幽魂。

抬眼望去，天空闪着微明的湛蓝，寒冷的天气刺人心骨。鼻孔中的气息发出沙沙的响声，她的脚踝很痛，脚底被凶残的石板刀山刮得伤痕累累。

几步之外，有个影子正往前走。影子发出一声低沉的吠叫，"深色"一跃而起，飞快朝她跑来。它的尾巴翘得高高的，毛皮因兴奋而显得蓬松柔软，明亮如星的双眼闪耀着银光。

芮恩再次鼓起勇气。"来吧！"她屏着气说，"让我看看你的脚掌。"

为了避开刀山的利刃，芮恩割开她的食物袋，做了双靴子套住母狼的脚掌。靴子派上了用场，母狼的脚几乎没被刮伤。

好好睡上一觉再加上膏药，给了它奇迹似的康复。它把伤口舔干净，大口吃了芮恩大半的粮食之后，脱胎换骨似的重生了。但就在中午之前，它都还在营帐附近一跛一跛地走着，急切地想嗅出伴侣留下的足迹。

然而芮恩始终忧心忡忡，因为她做了个可怕的梦，梦中幽魂的低语，竟然是托瑞克的声音，而且就在她钻出营帐的时候，乌鸦居然不见了。

她和"深色"一找到去隐形人峡谷的路，立刻加速前进。母狼先行快跑之后，又折返回来等芮恩。她不必听得懂狼语也能明白它那一声声不耐烦的尖叫。**快点！你就不能再走快一点吗？**

即便如此，"深色"偶尔也还是会停下来，转头去看一些芮恩看不见的东西。有时它摇摆尾巴，有时竖起颈毛。

一只白鸟划过星空，芮恩想到那出现在她灵象中的白色守护者，

不觉站了起来。

在她右边，是一道陡然下切的岩屑斜坡；前方是前往神圣高山的巨石地。天空广阔而无情，她看不见能为她增生勇气的月亮，有的只是冰冷的星光和庞然公牛愤怒的红眼。再向远方望去，只有无垠的黑暗。

芮恩心想，也许欧丝特拉已经得逞了，也许托瑞克已经失去自己了。

她在巨石地上吃力地攀爬，周遭的静默感觉十分恐怖，唯一的声音是她自己急促的呼吸和衣服发出的摩擦声。"深色"在前面快步跑着，安静的宛如灵魂。黑夜中的黑狼很不容易辨识，芮恩只能听着母狼的呼吸跟在后面：它的呼吸是荒野中一波波渺小的生命。

突然间，她看到"深色"加速跑过大片雪地，冲向一道幽暗的山脊，它冲得很快，并且激动地到处嗅闻。它消失在一道裂缝里，芮恩听到反复回荡的嗥叫，不久它再次出现，大步跑回山脊，尾巴急速地挥动。

芮恩迅速上前查看，当她一走近，汗毛立刻直竖起来。有人挖了一个雪洞，洞旁是一堆乱七八糟的掌印，印子很大，不是狼的。

她害怕得整颗心揪在一起，紧张地钻进营帐里。

她的呼吸在狭窄的空间里更显得大声，她的手摸到了一个箭袋、一个食物袋、一个水袋、一个睡袋，皱巴巴的，且冻得僵硬。

还有一把弓。

她迅速脱下手套，让手指滑过冰冷的木材。找到了：锥形的森林记号，那是去年夏天托瑞克刻上去的，只因为她母亲以前也在鹿角药罐上刻这个记号。

芮恩一阵难受，放下了这把弓。事实已摊在面前，甚至结上了一层霜。托瑞克仓促地爬出营帐，丢下行李，再没回来过。

芮恩退出雪洞，难过得想吐。

"深色"发出一声低鸣，飞快地跑上岩屑斜坡，站在那里凝神聆听。

芮恩发着抖，挺起了身子。

"深色"没理她，一边喵喵叫，一边原地打转，仿佛不知道该如何是好。不久，它飞跃似地跑下山坡。

"'深色'！"芮恩惊慌地压低声音叫它，"回来！"

脚踩卵石的啪嗒声渐行渐远，"深色"不见了。

芮恩把手伸向她的氏族毛皮，她一个人孤零零地在幽魂山上。

透过稀疏的星光，她隐约看到了一列进入裂口的足迹，接着又走出来，雪地上有一列被翻动的痕迹，一路往东方去。

当她进入裂口时，有个东西绊了她一跤，那东西结了冰，黏在地上：她十分用力才把那东西扳了起来。

是托瑞克的斧头。

芮恩马上明白发生了什么事。他之前爬上裂口，一定是为了逃开欧丝特拉的恶犬，而后他失足落下，雪地上翻动的痕迹便是拖痕，有人拖着他离开这里。

斧头从芮恩手中掉了下来，她全身颤抖地站在幽暗中。"托瑞克！"她脱口放声大叫，**"托瑞克！托瑞克！"**这个名字反复回响。托瑞克！托瑞克！渐渐地，回声消失在高山里。

裂口上方，有张脸凝神盯着她看。

芮恩急急抽出一支箭搭在弓上。

"别射！"那人大喊了一声。

芮恩绷着伸长的手，随时准备把箭射出去。

一个人影像松貂一样，轻巧地翻过崖边爬了下来。

芮恩保持瞄准的姿势，往后退了一步。

这家伙速度惊人，只一会儿他就顺利爬下。他往地面一跳，转了个圈，站在她面前。一张瘦削苍白的脸和一堆蓬乱的白发进入她眼中，她惊愕得差点停止了呼吸。

"你是芮恩吗？"男孩喘着气说。

她惊讶得张大了嘴。

"快！"他一把抓起她的手腕。"我们得赶快去救托瑞克！"

第
三
十
三
节

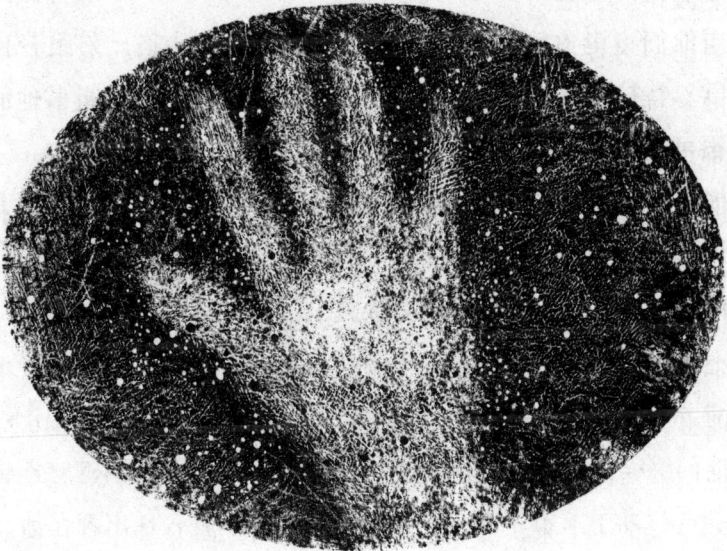

火焰摇晃跳动，黑影直直耸立，石柱上的托卡若思握着一把火星四溅的火炬，怒目瞪着托瑞克。

他看了一眼那闪闪发光的尖牙、爬满头虱的头发，看见石膏画出的眼眶中一双不眨不动的眼睛，仿佛是只鹰鸮瞪着他看。接着，那个东西往旁边一跳，他立刻陷入一片黑暗。

他匆匆脱下手套，抽出刀子继续跟进。

隧道里很冷，他觉得自己好像走在潮湿的云气之间。黑影不时奔窜出来，他伸出手挪开岩石，岩石上有一道道隆起且湿湿滑滑的，很像是内脏。石缝中，一个长满了鳞片的东西被他一摸，随即缩了回去。

他感觉到高山威严的气势自四面八方而来，他来到了它的内部：这个巨大古老的生命，只需随便一动，就足以把他碾成烂泥。

狼轻轻点在地面的爪子声自他后面传来，他没再发出嗥叫，也没试图攻击托卡若思，也许狼知道托卡若思一定会躲到他够不着的地方。不过令托瑞克不安的是，托卡若思居然无视于狼的存在，仿佛他很清楚狼伤不了他。

当他们愈走愈深入，托瑞克开始后悔当初让狼兄弟跟着自己进来。欧丝特拉绝不会允许狼来到耳语洞，她一定会设法拆散他们，那么狼很可能会丧命。

他不知道还有多少托卡若思等在前方。欧丝特拉的大批恶犬在哪儿呢？她的鹰鸮呢？

他蹲下来，问狼是不是只有这只小厉鬼？

不止，狼回答，胡须掠过托瑞克的眼皮，**闻不出在什么地方**。

前方，那只托卡若思狰狞地露出尖牙，喝斥他们快点跟上。

他们继续往前，不断往下走。没有那么冷了，托瑞克感觉到一股暖热的空气冲了上来，黑暗中，奇怪的记号阴森森地出现在他面前。一个石膏白的"之"字，一枚黄色的手印，一个多手多脚看起来很吓人的炭灰色生物。它们是警告的记号吗？还是以前为了把厉鬼封锁在岩石后面留下来的？

他的手指在黑暗中摸到一堆卵石，平坦圆滑，很像是眼睛。三年前的记忆浮现在他的脑海：纳路亚克的谜语，**万物中至深，溺毙的视线**。

狼在他后方低沉地叫了一声。嗷——呜！

托卡若思在转角消失不见了。

托瑞克觉得他好像走过了头，惊慌得急急停下脚步。

火光在一道白石拱门后方隐隐闪烁，拱门四周出现了一堆乱七八糟的红色手印：**回去、回去！**

接着，所有事情就在同时间发生。托瑞克看到托卡若思将火炬投入池中，匆忙爬上拱门，不知名的东西突然在他身后砰一声落下：一面生皮做的隔墙，堵住了他的路。狼在墙的另一边，不停地大吼、爬抓，试图到他那里去。托瑞克试着拿刀去割，不料强韧的生皮竟把他的刀子弹了回来。托卡若思像蜘蛛一样落到他身上，朝他的脸又抓又抠，他跪下来，托卡若思趁机拉起他的帽子，想把他闷死。他拿起刀子拼命挥砍，托卡若思尖叫着放开他的帽子。托瑞克一把抓住他的手，使劲扭转。他转来转去，从托瑞克手中挣脱开来，消失在拱门中。

托瑞克气喘如牛，厉鬼的恶臭熏得他想吐，他撑起身子，一不小心，往后一退。落入虚空之中。

# 4

狼扑过去，狠狠咬住这些小厉鬼，小厉鬼以巨大的石爪奋力抵抗。

狼佯装朝某个地方一跳，他们果然一拥而上，狼随即转向绕回来，把牙齿刺入一条长满鳞片的腿。小厉鬼大吼一声，松开他的石爪。有另一只咬住狼的肩膀，狼立刻转身回攻，只差一点就咬到了。两只厉鬼往岩石上逃，那里狼到不了。

这里很暗，很难看得清楚，不过他感觉得到他们。他听得见他们的呼吸，虱子在他们身上爬。他们为什么没来攻击他？

突然间，他懂了。他们算得上是厉鬼，可是他们使用的是无尾的身体，所以他们有的只是无尾没什么用处的耳朵和鼻子。狼只要保持不动，他们根本没办法知道他在哪里。

他静静地缩起口鼻，不发出一点声音地吸嗅。

四处弥漫着鲜血和仇恨的恶臭，但以上方最为浓烈。

狼听到"无尾高个子"痛苦的叫声从皮帘后面传来，他忍无可忍，一跃跳向皮帘，小厉鬼随即一拥而上。

他们动作很快，但狼更快。他迅速打了个旋，一段瘦得见骨的脖子立刻卡在他的齿间。脖子啪一声断了，厉鬼立刻软绵绵松垮下来。狼又闻到另一只，立刻追了过去，但他一到皮帘上方就不见了。

狼走过去闻了闻倒下的小无尾，确定他是不是真的死了。没错！他的肉渐渐失温冷却，但狼看见之前藏在这具肉身之内的厉鬼悄悄跑出来，急着想再找另一具肉身。他快步追上去，先是把它赶进一个它无法脱身的洞穴，再把它逼入岩石里去。好了，这下它再也出不来了。

他跑回皮帘，发现小无尾的灵魂在自己的肉身旁边发抖。他很困惑，长久以来他一直和厉鬼共享一个身体，现在他不知道该怎么办才好。

狼升起一丝丝怜悯，他毕竟只是只幼兽。他用鼻子把他往隧道前方推，让他去和同伴会合。"继续往前走，就在前面，你不会孤单了，我们一路走过来，遇见过好多你的同类。"

灵魂一边呜咽，一边到处找着他的同伴。

皮帘另一边传来各种声音。狼听到狗群的咆哮，小厉鬼咔嗒咔嗒的爪子声，鹰鸮窸窣、诡秘的拍翅声，以及一个在远方轻声流淌的河。所有的声音都来自遥远的下方。

他闻到他狼兄弟的味道，以及另一个他以前遇到过但一时想不起

来的无尾。接着气味变了，他闻到一个令他全身毛皮直竖的味道，是那个有着僵硬、恐怖口鼻的"石脸"。

狼奋不顾身地往皮帘一跳，一心一意想赶快和他的狼兄弟会合。但皮帘太高，他跳不过去，他试着用尖牙咬，但皮帘又平又滑，他根本没办法张口咬住。他得找出其他法子来。

他转着尾巴，疯了似地冲向前方的洞穴。他跃着大步，东撞西闯地穿过一条条蜿蜒曲折的隧道。他冲进一个更大的洞穴，许多小洞穴的气味都聚集在那里，在他周围盘旋。

他隐约捕捉到一个气味，不很明显，有点遥远，但这气味带给他希望。这是之前才出现的那个有着白色头发的无尾的气味，而在他身旁，狼简直不敢相信他的鼻子，**在他身旁的居然是狼群姐妹。**

第三十四节

"你是谁？"芮恩厉声问他。

"黑暗。"男孩回答。

"什么？"她扭开他的手，抽出她的刀来。

"那是我的名字，我叫黑暗！"

芮恩甩了甩头。"不管你是谁，你说你认识托瑞克，但我怎么知道你不是在骗我？"

"我知道你的名字，不是吗？"

"谁知道这是不是你逼他告诉你的？"

"你的头发是红色的，他在他的药罐上绑了一绺你的头发，好了，这下你总可以相信我了吧？"

芮恩迟疑地问，"他现在在哪里？"

"我不已经告诉你了，在高山里！我本来想一起进去的，可是他们把我关在外面。不过还有别的路可以进去，你要不要一起来？"

她还是有点害怕。

一只白鸟飞下来，停在他肩上。

是乌鸦，白色的守护者。

芮恩扔下她的水袋和睡袋。"我们走吧！"她说。

他再次握住她的手腕，开始往前跑，白乌鸦领头飞在前方。这个叫做黑暗的男孩视力简直和蝙蝠一样，居然能在这么暗的地方看得一清二楚，而芮恩连眼前的路都看不见，他竟能稳健自信地踏出每一步。"我不会让你跌倒的。"他对她说，仿佛听到她心里在想什么，而且不知道为什么，她觉得可以相信他。

吃力地爬了一段曲折的路后，她的脚踝痛了起来，但她松了口气，因为他在一道岩面底部停了下来。

至少，她心想，是一道岩面。云层遮住了星星，夜色像玄武岩一样的黑。她看到乌鸦往前飞去，白色的光点泯没在黑暗中。

"光，"男孩喃喃地说，双腿一屈跪了下来。一把桦树皮火炬一闪一闪地醒了，同时照亮了他怪异的白脸。"就在那里面。"他说。

芮恩觉得肚子一阵绞痛，那是一道锯齿状的裂口，像极了一张满是断牙的嘴巴，洞口很小，恐怕连只獾都进不去，而他们却得趴在地上爬进那里。

"我没办法进去。"她说。

"你过得去的。我进去之后，你先把斧头和弓塞进来，我会帮你带着，不会有事的，你到时候就知道。"

芮恩跟在他后面，才爬进去，就感觉到一颗颗石牙紧紧咬合，简直快把她肺里的空气都挤空了。她蠕动着前进，刻意不去想此刻正压在她身上的那座高山，但可怕的感觉反而更强烈。她的手塞在胸前动弹不得，她卡住了，就像之前在极北时那样，只是这一次，她并不是要逃出去。

"总算通过了。"男孩说，一把抓起她的帽子，把她拖进了一个回音不断的空间。

她撞到头，紧张地笑了起来。

"安静！这里有些石头很松，你这样可能会让岩石松落，还有，小心地上的洞。"

这真的很恐怖，视力所及就只前面一步的距离。越过摇晃的火光，黑暗沉重得好像直接压在她的眼球上。

她拿着一支箭，摸索前方的地面。她跌了一跤，东摸西找的手发现了个表面平滑，半球状的东西。是个骷髅头。她低声惨叫，引得男孩跑了回来。火光照出了一个熊的头骨，很大，被淹没在石头里。

"没错，这儿有很多骨头，"黑暗说，"那是很久以前，高山比现在更清醒的时候，它淹没了很多生物。"

他们继续往深处走，芮恩听到滴滴答答的水声。她感觉到冷空气从看不见的隧道里冒出来，隐约看到了潮湿的灰色石柱竖立成群。她一走过去，便有好些影子飞冲出来。她移开目光，尽量不去看高山里的隐形人。

"小心，那里很深。"男孩警告说。

她跨过一道裂缝，听到下方深处传来潺潺水声。

由于黑暗骤然停下来，她整个人撞在他身上。

"怎么了？"她问。

"关起来了。"他呆呆地说。

一块巨石挡在隧道中间，巨石上隐约闪着惨淡的白光，那里有个用石膏画上去的图像。一只庞大的鹰鸮，身体转向一侧——芮恩看见它的翅膀交叠在背上——然而它的头却整个转过来，眼睛睁得大大地，瞪着他们。这意义再明显不过，**欧丝特拉什么都看得到**。

"她知道我们来了。"芮恩说。

"她当然知道。"黑暗说。

他握着火把走到旁边，那只鹰鸮立刻落入暗影。即便如此，芮恩还是感觉得到它愤怒的目光。

"我想应该还会有别的隧道。"黑暗一边嘀咕，一边伸出苍白的长手指在岩石上慢慢移动，仿佛在感觉它们发出的讯息。"啊！找到了！"

他带她翻过一座石堆，接着往下走，进到一个湿黏的洞里。这个隧道比起之前的那个更窄——挤得他们只能侧身前进——不过芮恩总算松了口气，没多久洞穴就敞了开来。

黑暗再一次站住脚步。"这里我怎么想不起来了？"

他举起火把往洞里照，芮恩看到洞穴上方起伏着层层泛黄的岩石。那儿叉出了三条隧道，左边那条入口较低，入口边缘布满了滴水的石牙；中间那条的入口位于一棵淡红色的残干上方，那残干看起来像是断了的手脚；第三条最大，洞口被地上突出的石矛分成了两个。

"该走哪一条？"芮恩问。

"我不知道，感觉好像都不对，我想——"

"**你不知道？**"芮恩从他身边挤过去，跑到第一条隧道口。她把手放在边上，尽量避开石牙。岩石在她掌心底下规律地震动，跃动着"异世界"邪恶的热力。

她跑向石矛那条隧道口，感觉到的脉动同样涌着厉鬼的热力。

尽管绝望，她还是孤注一掷地爬上了那棵残干，伸手探向第三条隧道口。只一瞬间，就在厉鬼张嘴准备咬下之时，她手指底下的岩石仿佛关了起来。

她赶紧往后一退。"这三条隧道每个后面都有厉鬼。"

"我刚刚要跟你说的就是这个！"黑暗说。

"那我们到底该走哪一条？"

"别动。"他突然换了个声音说。

"怎么了？"

"嘘！"他突然将火把往上一举。

在她上方的一道裂缝里，芮恩隐约看到了另一只石刻的鹰鸮。它的眼睛闭着，长着一簇簇羽毛的耳朵直直竖立。

"往下爬，尽可能别出声。"黑暗说。

这只鹰鸮眼睛一睁，对她嘶嘶大叫起来。

芮恩惊呼一声，跌倒在地，撞上了在她后面的黑暗。火把被撞飞了，就在火光消失之前，芮恩看到鹰鸮展开翅膀，轻快地飞走了。

静悄悄的，远处传来水花飞溅的声音。

"是火把。"黑暗说。

"你还有火把吗？"

"没有。"

芮恩喘着气站起身来。"我们现在该怎么办？"

"我不知道。"

芮恩猛然把指关节塞进口中。就在这座恐怖高山的某个地方，托瑞克正孤军奋战地面对欧丝特拉。

一只冷冰冰的手摸了摸她的手腕。

"是你吗？"她小声地说。

"什么？"黑暗说，声音在几步外的地方。

一只冰凉的手指摸了摸她的脸颊。

"住手!"她大叫起来。

"我什么也没做啊!"

芮恩眯起双眼,闭上,再睁开,她看见了。在黑暗中这根本不可能,但是她的确看见了。"你也看到了吗?"她轻声问。

"我看到了,"黑暗平和地说,"不过我不知道那是谁。"

但芮恩知道,即便很模糊,好像是在雾里,但她似乎自己会发光,如同灵魂一样。芮恩的恐惧消退了,只剩下似有若无的失落感。

站在她面前这个干瘪的身影,正是她有生以来不断反抗的那个人。这是她最后一次迎向那双严厉的目光,望着那没有嘴唇从不知怎么微笑的嘴巴。

悄悄地,她伸出了一只瘦弱的手,指向石矛那条隧道。

"谢谢你。"芮恩悄悄说,"谢谢你……愿守护灵与你同飞。"她将双手放在她的氏族毛皮上,弯下身,对着乌鸦族巫师的灵魂行了个礼。

当她直起身时,她已经走了。

芮恩把箭袋和弓扛在肩上,伸出手,牵住黑暗。"来吧,"她对他说,"现在我们知道该走哪条路了。"

第三十五节

托瑞克从一座石头瀑布滚落下来，地面迅速和他叠在一起，疼痛在他的肩膀和头骨当中瞬间炸开。

他静静地躺着，胸骨剧烈疼痛，不过他的手和脚都还能移动，没想到，他竟然还握着他那把刀。

上方的石头瀑布消失在黑暗中。没办法爬，回不去了。他想，至少狼没来这里，至少，他还有逃出去的机会。

他感觉这里似乎是个幽暗的大洞穴。以前这里曾有石子像蜜汁那样不断落下：一滴滴，汇流聚合，然后凝结、变硬。奇形怪状的尖锐石牙从上方倒挂下来，和从地上突出来的石牙交接会合。真像牙齿，托瑞克心想。**万物中至古，岩石的咬噬**。我现在正在高山的嘴巴里。

火光若隐若现。他听到下方传来潺潺水声，再上来一些，又听到规律的铿锵声，是骨骸的碰撞，有个声音在念咒。

以骨骸的力量
以岩石的力量
以厉鬼之眼的力量
欧丝特拉召唤不安的亡灵
欧丝特拉是它们的主人！

瑞克跟跄地走向火光，根本没必要刻意躲藏，她早知道他来到这里了。

于是他看到了。

曾在某个古老灾难中滚落堆积的岩石，足足堆成了两名成年男子的高度。岩堆上搁着一面黑色石板，熊熊燃着一团烈火。祭坛后方，分站两侧的托卡若思摇头晃脑，摇得骨头咯咯发响，站在中间的，正是鹰鸮族巫师。

她满是羽毛的长袍仿佛可以吸拢黑暗，然而她的面具却散发着阴森惨白的亮光。她以一只尸骸般的手，握着镶了火焰蛋白石的权杖，另一只手，则握着猎捕灵魂的三叉耙子。

以骨骸的力量

以岩石的力量

以厉鬼之眼的力量……

托瑞克试着张口说话，嘴巴却干巴巴的什么也说不出。

面具人的双手高举起来，张着翅膀的影子吞没了整个山洞。托卡若思跪伏在地，邪恶的童颜闪着恐惧且崇拜的光芒。

"你知道我来了。"托瑞克喘着气说，"你知道我不会让你称心如意的。"

面具人毫不受影响地继续念咒，但她的耙子却转了过来，正正指向他。岩堆底部亮起七双眼睛，幽暗的身影火速朝他冲了过去。

托瑞克急急把刀塞回刀鞘，踢掉靴子，奋力爬上离他最近的石牙。狗群差点就扑到他身上，他用力一撑，把自己顶上一片宽仅几根手指的岩架，急急把腿抽了上来。狗群一窝蜂地跑向他藏身的地方又跳又咬，它们呼出来的气息灼伤了他没穿靴子的脚，长满尖牙的嘴敲得空气铿锵作响。它们咆哮着，掉下来，继续往上跳，它们以仇恨吸吮着他的灵魂。

上方隔了大约一只手臂的地方，有枚石牙怪异地倒挂在岩石中。他本来可以再往上爬的，但就在这时，一只托卡若思爬了下来，一袭影子风也似地冲向他。他拿出刀子拼命挥砍，鹰鹑立刻改变方向，飞回女主人身边。

托瑞克紧紧抱着岩架，流了满身大汗，又苦又呛的烟熏得他发晕。穿过烟雾，他看到食魂者把耙子放到旁边，开始在火焰蛋白石上绕上一圈圈细绳。一声叹息从托卡若思那边传来，他们疯了似地摇得全身骨头咯咯作响，狂热且贪婪。

火光照出了欧丝特拉细绳上交织如发的赤褐与金光。当托瑞克看着她用细绳把火焰蛋白石一圈圈缠住，他同时感觉到自己好像被吸进了火焰蛋白石的核心深处。

那是致命的伤口、恐怖的鲜红；那既美丽，又痛苦，更是狂热的欲望；那正是冬天夜空中庞然公牛愤怒的红眼；那熊熊燃烧着的正是它曾带来的一切痛苦。

突然间，食魂者停下来没再念咒，她以低沉刺耳的声音，一个接一个地念出了不安的亡灵的名字。

托瑞克大为震惊，吓得差点跌跤。他终于明白她想做什么了，可是他却完全阻止不了她，他只能缩成一团地躲在高处，像只即将被猎鹰捕获的鸽子。

他的大腿被药罐戳了一下，鹿角里空空的，没办法帮上他什么。

可是。

他的母亲曾牺牲自己的生命，和"世界灵"订下约定，"世界灵"因此让他成了心灵行者。他要再一次、最后一次使用这个天赋的力量，报答她的恩情。

他挥开眼角的汗水，大声对食魂者说："你以为你抓到我了！你以为我动不了你，你错了！"他纤弱的声音听起来充满了恐惧。

托瑞克爬到倒挂与突起的石牙参差交错的地方，叉开双腿跨立在那里。这下子，即使他垂下他的腿，狗群还是咬不到他。他动作迅速地用皮带把自己捆在石头上，然后拿出药罐里莎恩给他的黑树根，塞进嘴里。

痛苦撕扯着他的内脏，他放声大叫起来……

接着他的声音就变成了食魂者召唤不安的亡灵所发出的刺耳噪音。

透过欧丝特拉的眼睛和她面具上的裂口，托瑞克凝神望着心灵行者失去意识的身体。他的肉身成了灰色，在祭坛上跳跃的火光也是灰的，所有东西都是灰的，只有火焰蛋白石冰冷的红心不是灰的。

在她冰寒刺骨的骨髓深处，托瑞克的灵魂用尽力气试图逼使她拿起岩石，把火焰蛋白石砸碎。但他从不曾见过像她这般强大的意志，她的意志将他的意志变成了石头，这就是她强大之处：她感觉不到快乐、感觉不到痛苦，什么都感觉不到，唯一感觉到的，是对永生不死

的渴望。她的托卡若思根本不是被厉鬼附身的受虐儿，他们全是为了执行她的命令特别制造出来的。她的恶犬只是一堆任她随手丢掷的破烂武器，而岩石上的那个男孩更是一具空壳子，她渴求的只是他的力量，撕裂那具空壳，她就得到他的力量了。这实在邪恶得可怕，而且冷得不能再冷，托瑞克的灵魂在这之中淹没了。

出乎意外地，欧丝特拉的声音停住了，托卡若思也不再把骨头摇得咔嗒作响。

静默中，面具人朝火光扔出一片生皮护罩，火光灭了，黑暗中，她开口说话。

*如海豹之滑亮……狡黠如你*

*田瑞斯……现身！*

海浪轻拍的声音似有若无地充满了整个洞穴。祭坛后方，渐浓渐厚的烟雾连接聚合，出现了一个男人的身影。托瑞克透过食魂者的眼睛，看到了一张英俊伤残的脸，听到了如大海般既平静又强劲的声音。

*田瑞斯现身。*

面具人一边念咒，一边举起祭坛上那张生皮。烟雾滚滚翻腾，火焰高张跳跃。她再次将火熄灭。

*如橡树之巨大……强壮如你*

*泰亚兹……现身！*

树叶窸窣，庞大的身影若隐若现。

*泰亚兹现身。*

欧丝特拉再次念咒，再一次，她把火灭了，然后再度重燃。

*如蝙蝠之敏捷……狂怪如你*

*妮芙……现身！*

蝙蝠强韧的拍翅声出现了。一阵烟尘卷起聚拢，带出了跛行的身影。

*妮芙现身。*

托瑞克缩在欧丝特拉的骨髓里，唯一能做的就只是目睹她如何把不安的亡灵召唤出来，而它们受制于火焰蛋白石的力量，一个个只能任凭她差遣。

在她黑暗的内心里，托瑞克看到了她梦寐以求的景象。高山、冰地、森林、湖泊和大海，所有氏族全害怕地在欧丝特拉面前俯首称臣，生灵与亡者全都任凭欧丝特拉差遣……**欧丝特拉，永生不死**。

再没有人能打败欧丝特拉。托瑞克战斗了三年的一切，原来只是一场空。

食魂者回来了。

第三十六节

狼在高山深处，听到了树叶沙沙的声音。

树叶？

他立刻一个侧滑停下脚步，这里应该不会有这东西才对。

难道又是隐形人在搞怪？他们很不喜欢他来这里，他们不喜欢任何人来到这座高山。他们到处散布声音和气味，好让他搞不清楚这些声音和气味的来源究竟在哪里。

狼拼命往前快跑，可是他根本不知道自己要去什么地方。他在这座恐怖曲折的洞里不停地跑，他失去了狼群姐妹的气味，唯一嗅到的，只剩下潮湿的岩石和惊慌的自己。他好渴，侧腹又被小厉鬼的爪子抓伤，而且他始终找不到"无尾高个子"。

他来到一个比先前宽阔许多的地方，高山的气息把他的毛皮都弄皱了。他在一个下斜的地方发现了水，咬了一些上来，没去理会那些散布在附近的石骨。那些东西一样都是诡计，他之前试过一次，差点弄断他一枚尖牙。

突然间，他昂起头，一股淡淡的气味拂过他的鼻子。他热切地颤抖起来，用力深吸几口以确定他没弄错。太好了！是他的狼兄弟！

气味是从上方渗透下来的，他用后腿站立，把前掌放在岩石上。太暗了，什么都看不到，不过他感觉到了一个小洞穴的气息。他跳起来，又抓又爬，终于进去了。

洞穴很小，小得他不得不塌下耳朵，肚子贴在地上往前爬。洞穴刮伤了他的侧腹，挤得他简直不能呼吸。后来洞穴把他吐了出去，他跌了一跤，鼻子重重撞在岩石上。

各种气味源源不断地飞过他身边，厉鬼好臭，还有狼很久以前闻过的无尾的浓浓气味，**以及狼兄弟的气味**。

狼在黑暗中飞速快跑。隧道很窄，而且像内脏一样弯弯曲曲，但他捕捉到狗群的咆哮，它们的声音听起来十分空洞，狼因此知道，他果然正跑向一个非常大的洞穴。

他听到熟悉的嗖嗖声，那是狼群姐妹的箭，还有鹰鸮咻咻挥着翅

膀。他加快了脚步。

猎捕厉鬼就是他活着的目的。

# 4

隧道口愈来愈近，芮恩加快了她的脚步。

"别跑那么快！"黑暗警告说。

她没理他，耳边听到了骨头咔嗒咔嗒，以及食魂者以喉音念咒的
声音。

*以骨骸的力量*

*以岩石的力量*

*以厉鬼之眼的力量*

*欧丝特拉召唤不安的亡灵*

*欧丝特拉是它们的主人！*

芮恩试着回想一个切断的咒语，想挡住她的魔咒，但欧丝特拉冷
如冰霜的意志冻结了她的思绪。**任谁都阻挡不了"面具人"。**

芮恩来到隧道口。

黑暗硬是拉住她。

隧道口高得让人头晕眼花，几乎是在洞穴的最顶部，没有路通往
下面。

芮恩激动地大叫一声，跪在地上牢牢盯着洞口边缘。穿过一丛巨
大的石牙，她看到洞穴被一道深渊分成两半，深渊宛如一道黑色闪
电，呈"之"字形在洞里曲折切过。在离她较近的这一侧，有个祭坛
熊熊燃着一团火，烟雾在四周缭绕。在这底下，层层暗影来回逡巡在
一根石柱底部，唯独石柱的顶端她看不到。即使在这么远的地方，她
都感觉得到那些东西的仇怨，也看得出那应该就是欧丝特拉的狗群，
但怎么找就是看不到托瑞克的踪影。

*欧丝特拉召唤不安的亡灵……*

芮恩扔下武器。她的斧头和弓都毫发无伤，但她的箭袋却在她挤

进裂口爬行时全压碎了，只剩三支箭是完整无缺的。

欧丝特拉是它们的主人！

烟雾散开了，芮恩朝面具人迅速瞄了一眼，看见那根镶了火焰蛋白石的权杖旁边有只苍白的手。她看见火焰蛋白石的红光如鲜血一般流了出来，穿透了一面似有若无交缠在红石上的绳网。她急急拿起一支箭，欧丝特拉感应到了恶兆，再次用烟雾将自己裹住。

"你感觉得到它们吗？"黑暗跪在她旁边，小声地问。

"感觉得到什么？"

"在下面的烟雾里，有些很恐怖的东西。"

"我什么也看不到。"

"我也一样，可是我感觉得到它们。"

芮恩也感觉到了。耳语洞里除了欧丝特拉和她的爪牙，还有别的东西。

"是烟，"她放低声音说，"那是魔咒的一部分，千万别看。"

但黑暗却移不开目光，她也一样。

食魂者断然停下她的咒语，洞穴笼罩在一片黑色里。静寂中，她再次开口说话。

如蛇之诡秘，诱惑者……

舍丝露……现身！

芮恩全身的汗毛都竖起来了。

细弱的嘶嘶嘶隐约回荡在洞穴里。

不可能，芮恩对自己说，这绝不可能。

就在她的注视下，烟雾缭绕起来，出现了一个弯弯曲曲的形状……

不，舍丝露早就死了，你的母亲早就死了，是你亲手替她画上死亡面具的，是你亲眼看着他们把她的肉身放上死亡平台安息的。

念咒声再次出现，过了好久好久，念咒再度中断，然后再一次，火光暗淡下来。

纳瑞德……现身！

一个男人的声音从洞穴较远的那端大声响起。"纳瑞德现身。"

芮恩屏住了气息，她认得那个声音。

"你的魔咒出现破绽了。"这个声音郑重宣告，"里头收了生灵的头发。"

欧丝特拉没有回应。

"他是什么人？"黑暗问。

芮恩没有回答。她看着这个人从阴影中现身，往事如潮水般回涌在她心上。

鹰鸮朝他俯冲而去，他举起斧头将它挡开。他的步伐不是很稳，骨瘦如柴的手脚上垂挂着破烂的兽皮。芮恩知道，只要她再靠近一点，她就会看到沾满泥巴乱七八糟的胡子，一张肮脏，只有一只眼睛，像树皮一样粗糙的脸。

是第七个食魂者。在他们第一次相遇时，他的暗示已经很明显了。**在他被火石击中之前，他本身也是智者……**

"纳瑞德死了。"烟雾中传来欧丝特拉粗声的怒吼，"他死在森林大火里了。"

"死的不是我。"行者大吼一声，"我本来可以不死的！我现在就要结束这一切！"

"谁也阻挡不了'面具人'。"

行者大吼一声，朝着岩堆冲撞过去，但他还没到那里，就东歪西倒地停了下来。深渊太宽了，他没办法过去。"我本来可以不死的！"他的哀号在洞中回响，充满了痛苦。

冷不防地，芮恩看见几个弓着背的小东西挂在他头顶上方的岩石上。她急急把弓对准它们，黑暗替弹弓填上子弹。

他们把武器放低，射程随即离开了托卡若思。

"注意上面！"芮恩和黑暗同时大叫。

行者往上一瞄，同时间一颗石头砸了下来。他跪倒在地，又一颗石头打下来，他在深渊边缘倒了下来。他的斧头从手中松脱下来，过了一会儿，远远地传来水花溅起的声音。行者倒在那儿一动也不动，芮恩对欧丝特拉的恨此时高涨到忍无可忍。

"我看到托瑞克了！"黑暗轻声说，一边把她拉往一旁，一边指着。终于她看到他了。

托瑞克在石柱中间，石柱底下一群恶犬来回巡绕。他的腰绑在石柱上，头倒在胸口，一动也不动。

"托瑞克！"芮恩激动地大叫。

什么回应也没有。

他若不是昏倒，那就一定是在心灵行走。她不愿相信他已经死了。她紧抿嘴唇，准备放箭。有多少条狗呢？六条？七条？可是她只有三支箭。

一条斑纹狗扑向托瑞克没穿靴子的脚。芮恩的弓咻地发出尖锐的一声，狗惨叫一声倒地，一支箭正中它的咽喉。

在她身旁的黑暗也松开弹弓，一条灰色大狗倒落在地，再没动静。黑暗再射出一颗，石头敲破一条狗的脑袋，要了它的命。芮恩射中另一条狗的胸骨，那条狗跟跄后退，落入深渊，惨叫声渐远渐无。

两条狗仿佛闻到了猎物的气味，它们飞快跑过山洞，消失在一条隧道里，剩下的狗依然绕着托瑞克打转。一只托卡若思来到石柱底座开始往上爬，齿间紧咬着一把刀。芮恩把最后一支箭搭上弓弦，对准目标。她的手不停颤抖，这是只厉鬼，但他使用的却是个孩子的身体。

一颗石头嗖一声飞越空中，托卡若思尖叫一声掉了下来，紧抓着摔伤的脚。黑暗冷冷地往弹弓再次填弹，但托卡若思拖着脚步，闪进了暗影里。

芮恩凝神望向那片烟雾，寻找另一个目标。烟雾太浓，熏得她心里一片朦胧。她的脑中出现面具人贪婪地注视火焰蛋白石的模样。

**任谁都阻挡不了欧丝特拉。**

芮恩放下她的弓，事实很明显了，靠着弓箭是不可能赢的。

莎恩顽强的模样坚定了她的决心。你是个巫师，她对自己说，要这样想。

你的魔咒出现破绽了，行者刚才是这么说的，里头收了生灵的头发。

芮恩安静下来，仔细望着缠在火焰蛋白石上的细绳，那看起来似乎是用不同颜色的丝线编成的，她看到闪闪发亮的黑色、褐色、金色……

头发。欧丝特拉用食魂者的头发猎捕食魂者的灵魂，而这些头发编成的细绳现在正缠在火焰蛋白石上，这条细绳让死去的食魂者受制于她，同样的，只要有托瑞克的头发，她就能控制他的世界灵魂，夺取他的力量。

"托瑞克！"芮恩放声大喊，**"把细绳切断！"**

# 屮

托瑞克困在食魂者的骨髓里挣扎着想脱身，他的灵魂好疲倦，欧丝特拉太强大了。

远远的，他听到有个人在大声喊叫，声音听起来很像芮恩，但这应该不可能。

曾有那么一瞬间，这个叫声分散了欧丝特拉的注意力，托瑞克感觉到她的意志在动摇。这样已绰绰有余，他抓住了这个机会。

他突然睁开眼睛，原来他已回到了他的身体，那个人仍在喊叫。

"把绑在火焰蛋白石上的细绳切断！托瑞克！切断绳子，你就可以破除魔咒！你就可以让他们永远离开了！"

真的是芮恩。他看不到她，但他看到一支她的箭插在斑纹狗的咽喉上。

细绳。力量源源不绝贯穿全身，他知道该怎么做了。

他迅速替自己松绑，从石柱上滑下来。一条狗从暗处冲出来，他一刀刺进它的肚子，当场肚破肠流。他把这条死掉的狗踢到一边，朝着暗处猛戳。没有托卡若思，没有狗，但他却听到了激战的叫喊。他用空着的那只手捡起一颗石头，慢慢走向岩堆。芮恩说得没错，这的确是个办法，这么一来就可以破除魔咒，而且让食魂者永远不再出现，可是，为什么欧丝特拉毫不担心呢？

再一次，火焰灭了，她的念咒再度停止。透过飘摇的烟雾，她张开翅膀，召唤出最后一个不安的亡灵。

*如狼之睿智，执着者……*

不！托瑞克很想放声大喊，但他的舌头却打结了似的，只能无助地听着食魂者喊出那整整三个夏天他无法放声大喊的他挚爱的名字。

一刹那间，四周静无声息。

洞穴里不见有狼，四面八方却回响起声声狼嗥。祭坛后方，烟雾舞动聚拢，一袭高大的身影渐渐现出。

托瑞克手中的刀掉了下来，发出哐啷一声。"爸爸。"

第三十七节

烟中的人形模糊有如暗夜的月影，但托瑞克认得出来。他站着看着他，认出了他的父亲。

"爸爸——是我。托瑞克。"

无生命的白眼往下盯着他看，认不出任何人，他父亲的灵魂已经属于欧丝特拉了。

芮恩的叫喊从某个地方传过来。"快切断绳子！让他们永远离开！"

让爸爸永远离开？永远地离开？

他做不到，他回到了十二岁的他：困惑、惊恐，看着父亲鲜血直流。爸爸，你不能死，求求你，你不能死。

他举步艰难地走向岩堆，眼泪淌了下来，滑过他的脸。

"快切断绳子！"芮恩大喊。

"我做不到，"托瑞克喃喃地说，"爸爸……我不能就这么再一次失去你。"

他开始往上爬。他听到骨头咔嗒咔嗒和食魂者念咒的声音，突然觉得脑后方一阵刺痛，接着便看见鹰鹗飞过去，爪间夹了一绺他的头发。无所谓了，再没有什么比去找父亲更重要了。

他站在刺鼻的烟雾中，面对着祭坛。祭坛后方是不停念咒的面具人，不安的亡灵幽幽地围绕着她。他把手伸向他的父亲，烟雾中的人影没有任何回应。

一个幻象突然闪过托瑞克心里，他幻想父亲如果没死，一切会是什么模样；幻想他们如果还生活在一起，而且从来没有什么火焰蛋白石，他们会是什么模样。悲痛如一把刀，深深刺进了他的心。

但火焰蛋白石确实存在，而且现在就在权杖之中，像道裂开的伤口阵阵抽动。

托瑞克大叫一声冲过祭坛，一把抓住权杖，拖向熊熊烈火。

食魂者紧握的力道如石头一般坚不可摧，他做不到。她用另一只手举起她的耙子一刺，托瑞克拿起石头回击。耙子撞到地上，发出咔

嚓一声。一只托卡若思张口朝他上臂一咬，芮恩的腕套救了他，他再一次拿起石头，砸碎他的脑袋，仿佛砸的是蛋壳一样。他依然把权杖紧抓在手里，隔着火焰奋力地与食魂者对战。他看见面具后方透出她炯炯有神的目光，他孤注一掷，猛然一转，用尽全力将权杖扔进了火里。头发烧焦的臭味呛得他无法呼吸，但他还是忍着举起了石头，把火焰蛋白石敲成了鲜红的碎片。

欧丝特拉发出一声尖叫，双手毫不迟疑地扑进火里，又抓又挖地拾取火焰蛋白石的碎片。最后几束烧焦的头发卷曲、干缩，终于化为乌有。

不安的亡灵开始解体，托瑞克在泪眼朦胧中，看着父亲逐渐消失不见。但就在最后一刻，烟雾中的脸竟出现了变化，变成了父亲在世时曾有的模样。那张脸看着自己的儿子，突然亮了起来。"托瑞克……"他喃喃地说，声音静悄悄的宛如睡梦中的呼吸。

之后他就不见了。

托瑞克站在祭坛前全身不停发抖，他知道欧丝特拉手中仍握有火焰蛋白石的碎片，这同时他也听到了她开始念咒的声音。

**欧丝特拉召唤心灵行者**

**欧丝特拉是他的主人！**

远远的，芮恩激动地发出一声警告。"托瑞克！**注意你的背后！**"

第三十八节

"注意你的背后！"芮恩激动地尖叫，她已准备放箭，但这只托卡若思拖着受伤的脚，在暗影中窜来窜去。

托瑞克似乎回神了，他看着托卡若思爬上岩堆，看着欧丝特拉挥舞火焰蛋白石的碎片，同时把空出的那只手举向鹰鸮，鹰鸮这时朝她俯冲而下，爪子紧衔着他的一绺头发。

只一眨眼间，托卡若思冲了出来，托瑞克抓住他的手往空中一扔。他不懈怠地又再回来，抓着托瑞克扭打，一下这里一下那里，速度快得让芮恩无法清楚地瞄准。在她身旁，黑暗的弹弓也是紧握在手中。托瑞克把托卡若思朝祭坛一甩，他抽动了一下，背骨应声而断，往下一滑，死了。

两个黑影从暗处冒出来，一路跑上岩堆，扑向托瑞克。芮恩和黑暗对准两条恶狗，两人同时放弓。他们击中同一条狗，中了弹的狗狼狈地爬到深渊边缘，惨叫一声掉了下去。托瑞克转身，似乎头一次发现有这道深渊。另一条狗扑了过来。

芮恩手上没箭了，她发了疯似的到处找石头。

"都没了。"黑暗喘着气，一把抓起她的斧头，全力扔了过去，只差一点就击中岩堆。

托瑞克跪在地上和恶狗缠斗，他用手掐着它的颈毛，挣扎着不让它咬到他的脸。

芮恩一拳打在石头上。

一支银箭飞快闪过：狼火速冲过去，救了他的狼兄弟。他的身侧血迹斑斑，尖利的牙齿闪着白光，凶狠的目光连芮恩看了都吓了一大跳。他飞一样地跳起来扑过去，朝恶狗的咽喉狠狠一咬，将它从托瑞克身上拖开。狼与那条恶狗双双滚下岩堆，灰与黑咆哮交缠。狼一跃而起，站起来喘着气，他的毛皮上沾满了鲜血，只见恶狗倒地不动，狼已将它撕得肚破肠流。

鹰鸮直冲下来，飞得很低，企图将狼诱离托瑞克身边。但它飞得太低了，芮恩看见狼窜出去，啪一声咬断它的翅膀，硬是将它拖下地，撕咬得七零八落。

托瑞克靠在祭坛上，累得再抽不出一点力气，食魂者在祭坛后方带着胜利的笑容挥舞他的头发。

"**欧丝特拉是他的主人！**"她尖声狂叫，"**欧丝特拉永生不死！**"她把头发放入木刻面具的唇间，一把举高她的耙子，猛然刺向他的胸口。

他跌跌撞撞往旁边一闪，绕着祭坛与欧丝特拉形成对峙，欧丝特拉猛烈戳刺，托瑞克踉跄闪躲。

洞穴另一端，有道影子在动。

芮恩屏住呼吸，不可置信地看着行者趴在地上爬了过来，摇着他的头。

"隐形人。"他的声音低沉而沙哑。

托瑞克和食魂者仍然绕着祭坛彼此对峙。

"高山上所有的隐形人！行者召唤你们！除去世界这道伤口吧！"

一开始，芮恩并没感觉到什么。

接下来，手底渐渐出现些微震动。

行者将他骨瘦如柴的双手高举起来，以声音凝聚力量。"行者召唤你们！立刻关上高山的入口！"

洞穴里，石牙摇个不停。芮恩看见一支巨大突出的石柱摇摇欲坠，接着砰一声崩塌落地。

"为我们除去食魂者，永永远远！"

一支倒垂的石柱轰然落在祭坛上，将祭坛劈成两半。欧丝特拉依然抓着火焰蛋白石的碎片不放，慌张地退离毁坏了的祭坛。她摇摇晃晃地站在深渊边缘，一个不稳，发出怪异的惨叫，失足跌了下去。

但就在她掉下去的同时，她的耙子钩进了托瑞克外衣的缝边。

芮恩惊恐地看着他拉扯挣扎，但落下去的重量太大，他没有刀切断衣服，让自己脱身。

"托瑞克！"芮恩放声尖叫。

托瑞克猛然一跪。

食魂者拖着他，陪她一起坠入了深渊。

第三十九节

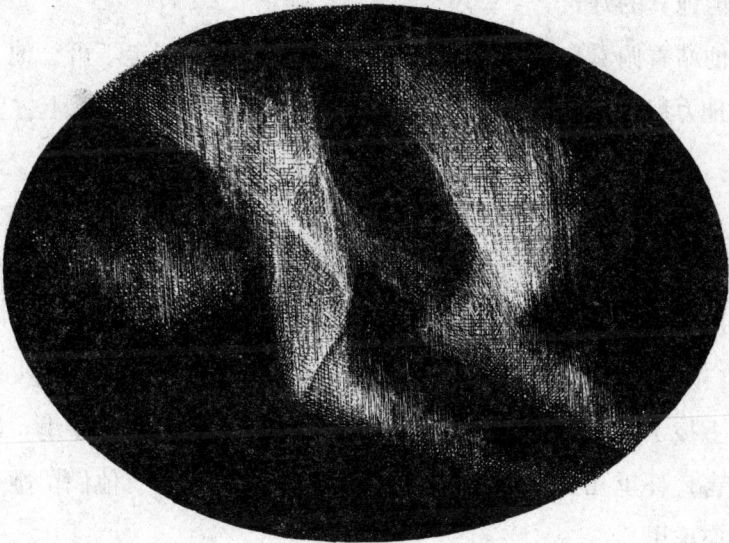

他在大地的深处，又冷又暗，耳中满是轰轰的鸣声，鼻子里充斥着一股腐烂的气味，他死了吗？

有人扛着他，他们一定是要把他运送到埋骨地去。

这会儿，他们把他放了下来，手在他的脸上移动，低声念着安魂咒。别打扰他。

星星在他上方盘旋，月亮升起、落下、又升起，曾有的、现在的、未来的一切，源源不绝地将他穿透。他是洞穴里的婴儿，吸吮着母狼的奶；他快跑着离开父亲垂死的空地；他落入了幽魂山的深渊。

他又回到星星底下。幻影般瘦小的人们弯身俯看着他，他望着尖尖的怪异的灰脸和亮如月光的眼睛。

芮恩呢？他试着开口问，还有狼呢？

眼睛眨了眨。再一次，他又成了孤单的一个人。

星星仍盘旋在上空。**万物中至冷，最暗的光芒**。这正是人临死之前看到的最后一道光芒。

他感觉不到痛苦，唯有一股巨大的空虚，他不想孤单地死去。

但他真的好累。

他站着俯看自己的身体，他不想离开，但他非走不可，他真的好累。他万般不愿地叹了口气，转过身，开始朝着星星爬了上去。

〰〰〰

第一棵树发出的光芒，是芮恩见过最明亮的光。天空中布满涟漪，闪着绿光，等着迎接托瑞克的灵魂。

白发男孩放下洞口那块挂帘，让她在火边坐着。他来到火边，在她肩上披了件羊毛斗篷，塞了个冒着热烟的大杯子在她手里。她抖得很厉害，杯里几乎泼洒一空。托瑞克和狼都不见了，他们留她一个人落在空虚里。

她呆呆地看着一个个白石动物在裂缝中凝视着她，这一切都不是真的，这个洞不是真的，突然发生在隧道中的噩梦不是真的，石块掉

下来，黑暗及时把她拖走救了她不是真的；托瑞克死了，不是真的。

在营火另一边，乌鸦们——白的和黑的——都清醒着没睡，烦躁地拍着翅膀。

"是幽魂把它们吵醒的。"黑暗一边说，一边凑在火边暖手。"大部分的幽魂都已离开，去和自己的氏族汇合，但每次总会有一些没跟上，留下来。"他继续说个不停——说起他那个已离开这里的姐姐，说她这次也许已在天空中得到安息——但芮恩根本没怎么在听。

"灵魂之夜"。她的脑中浮现出高山氏族和亡者一起欢乐庆祝的情景，也想起她远在森林的族人。也许这会儿，他们已感觉到欧丝特拉带来的祸害不见了。

"芮恩，"黑暗开口将她拉回现实，"他已画上死亡印记，至少他的灵魂不会迷路。"

可是他没有守护灵啊，她心里一片凄凉地这么想，那么到时候，出来带他上到第一棵树的会是谁呢？

〰〰〰

狼看着最后一个灵魂消失在峡谷那端。

他跟着它们走出高山，一心希望它们能带他找到"无尾高个子"，结果没有。这会儿，他站在咆哮的夜色中，风伸出爪子抓他的毛皮，夺走了所有的气味。

狼很害怕。狼以前也和狼兄弟分散过，但这一次完全不一样。这次就像是一道巨大的洪水涌现在他们之间，没有任何人跨得过去。

狼哀伤地低吠，不断地在雪地上跑来跑去。

在呼号的风，以及河的上游，他捕捉到一声鸣叫，声音很高，简直像是光的声音。他认得那个鸣声，那是"无尾高个子"放在身侧的鹿骨头发出的声音，这个鹿骨头里面装有粉状的泥土，有几次他曾把这些土涂在狼的身上；还有，以前在森林的时候，狼曾听过这个鹿骨头唱歌。

狼热切地追着声音快跑起来，他一路下坡，穿过之前他们对抗狗群的地方，跑向从高山汩汩流出的小溪。

"无尾高个子"就躺在溪边。

狼扑上他的胸，舔他的鼻子。醒来！

"无尾高个子"毫无动静。

狼在他耳边吠叫，这里抓那里扒，又咬了咬他冰冷的脸，没有反应。

狼的世界顿时瓦解了。**不，不，"无尾高个子"死了！**

但那鸣声仍然持续响着。

鸣声深深进入狼的心中，不可思议地让他愈来愈明白，终于，他知道自己该怎么做了。

他怀着新的目标，四处找寻那股气味。找到了，虽然很微弱，却是再熟悉不过，那是他狼兄弟的气味，狼迈开大步追了上去。

他才上山不久就看到了它，它的身量、身形和"无尾高个子"一模一样，只是框边的地方模模糊糊的，是灵魂。

狼感觉得出它迷路了，而且充满困惑。为免吓到它，他慢下来小步走向它，然后摇了摇他的尾巴。它看到他之后站了起来，站得不是很稳，并且眨了眨眼睛。狼靠上它的腿，轻轻地推。灵魂显得犹豫畏缩，狼轻轻推着它往前，带着它走下了山坡。他们终于来到了那具身躯，他用鼻子把它拱了进去。

"无尾高个子"发颤，倒抽了一口气，他又开始呼吸了。

狼舔着狼兄弟的脸，给他温暖，然后在他身上躺了下来。这一次，可一定要让灵魂好好留在里面。

〰〰〰

黑暗说他要去把芮恩留在山上的行李拿回来，也许她应该跟他一起去，因为看到太阳上升说不定可以让她心情好一点，他有时候也会借助这个法子来帮自己。

夜里下了雪，欧丝特拉的恶寒已经远离。乌鸦在闪亮的天空里彼

此追逐，刚下不久的雪在升起的阳光中闪出一片金光。

黑暗想错了，这帮不上什么忙，这是她失去托瑞克后的第一个黎明。

她嘎吱嘎吱地走在黑暗走过的路上，心想着回到森林后，等在前方漫长的路途。到时她得告诉大家发生了什么事，然后因为莎恩死了，他们会希望她接任乌鸦族的巫师。开展在前方的生活满是悲痛与寂寞，她真的无法承受。

他们来到托瑞克之前挖的雪洞，黑暗走进去找她的行李。

"有点奇怪。"他出洞时说。

芮恩提不起劲，但他羞怯地坚持她去，她于是让他带她去看他发现了什么。

巨大的脚印，在雪地中显得十分突兀。

她想，看来行者找到出路了，那很好。

但她其实什么也感觉不到。

白乌鸦发出嘈杂的叫声，转向西方飞了过去。

黑暗快速追了上去，芮恩仍待在原地不动。

乌鸦一路飞向巨石地一道从小山洞里流出的溪流，挥舞的翅膀闪动着冰光。在一座白雪覆盖的小丘，乌鸦停了下来，并且抖开下巴的羽毛呱呱大叫，小口小口吐着霜白的寒气。

"芮恩！"黑暗大叫。

芮恩往太阳穴揉了揉，这会儿又是什么事？

白乌鸦骤然飞上天空，同时山丘一起一伏震动起来，狼突然出现，一边抖落毛皮上的白雪，一边朝着她大步快跑。

"狼。"她顿时哑了嗓子。她费力地走下山坡，狼一骨碌扑向她，撞得她往后一倒，全身都是湿乎乎的狼式亲吻。她张开手臂环抱住他，但他扭着身子跑开，大步跑回黑暗那里。

白乌鸦还在呱叫，这会儿瑞和蕊也都来了。狼急速挥动着尾巴，绕着小山丘又跑又跳，黑暗来到山丘边屈膝一跪，大喊起来。"芮恩！是托瑞克！他还活着！"

第四十节

小狼惊醒了过来，是狼的嗥叫！

不、不是，那根本只是乌鸦在学狼叫，它们经常这样，每次小狼东奔西跑找寻它的狼群，它们就大笑。

它心烦地往地上一倒，尾巴朝鼻子轻轻一甩。

但它怎么都睡不着，它好饿。

它从岩块底下钻出来，站在洞穴口往空中吸嗅。

天已经亮了，但乌鸦都没来，那恐怕就没肉可吃了。天气变得比较暖和了，雪也变得更深。从小狼站的地方看去，白色的山丘陡然下切，接着又再升起，形成高山。即使是这样，看起来也都比之前温和。小狼曾有一次想上高山，结果乌鸦硬是把它赶了回去。它气得要命，接着就听到高山上传来低沉的狗吠：恐怖、发怒的狗群，声音听起来像是要把小狼吃掉一样。之后它就再也不想上山了。

小狼在刺眼的强光中眨了眨眼，慢慢走入雪地，结果立刻趴倒在地。它担心地扫视天空，不知那只可怕的鹰鸮是否又来了。没有，也许那个大无尾已经把它给吓走了。

那个大无尾曾在夜晚的时候出现，当时小狼已试了好一阵子想猎捕旅鼠，结果掉进洞里，怎么也出不来了。小狼哀嗥了很久，终于等到那个往洞里探看的大无尾。他的气味很肥润，而且让人很有安全感，于是小狼摇了摇尾巴，然后大无尾就用铲子铲它出来，把它丢在黏滑肥美的肉块里，一跛一跛地走了。

山上一片寂静，连风都没有，这种静让人很害怕。

小狼放声吠叫，**我在这里**！

什么回应也没有，小狼呜咽地哭了起来。它很想念它的狼群，想得好痛好难受。

突然间，它停下来不再啼哭。远方，它听到乌鸦深沉反复的低鸣，它转了转耳朵，是它的乌鸦没错！

它哀声大叫起来。

它们没有出现。

好，那么它就去找它们。

它热切地连跑带跳穿过雪地，雪在它脚下碎裂，它从山坡上一路滚了下来。

到了坡底，好不容易站好，又打了个喷嚏。洞穴在上面好高的地方，高得没法爬回去，这可怎么办才好？

在山上不知什么地方，有只狼发出了嗥叫。

小狼警觉地跳了起来，这不是乌鸦在开玩笑，这真的是只狼，**而且这只狼就是它的母亲！**

小狼发狂了似地放声吠叫，**我在这里！我在这里！**

嗥叫声停了下来。

小狼不停地吠叫，同时慌张地穿过雪地。**我在这里！**

就在它渐渐感到疲倦的时候，一道暗影快速冲下山坡，然后突然间，它的母亲就扑到了它身上。它们滚成一团，它的母亲低鸣呜咽，不断用鼻子轻抚，它轻声叫着，一头埋入它温暖的皮毛，吸嗅着那独属于母亲，强壮多肉，它深爱的气味。然后它叼出食物，在它大口吞下之时，轻轻舔遍它全身。它们彼此依偎，对着天空把它们的快乐大声吼叫出来。

就在小狼还在吼叫的时候，它的母亲低鸣了一声，飞一样地跑了。

小狼吼到一半停下来，张开它的眼睛。

是它的父亲，他正朝着它们的方向，在雪地上飞快地奔跑。

第四十一节

夏日里的一天，芮恩和托瑞克一起走在呢喃的树下。

"别走。"她说。

托瑞克转向她微微一笑，接着她便看见了他眼中的绿色光点。"可是芮恩，"他说，"森林绵延无尽，我在高山上看到了。"

"可是，我真的无法承受。"

他轻轻摸了摸她的脸，走了。

芮恩狠狠咬着自己的指关节，不断往睡袋里钻。

说不定这永远都不会发生，她对自己说，一切都很好。

她侧躺着，看着横梁上火光投影的波纹。现在的她已回到森林，睡在乌鸦族冬至时共享的大营帐里。一切是那么的熟悉：满是苔藓的树干墙，敞露在鹿皮帐顶中正对着营火的星星。她闻到柴烟的味道，听到火焰劈啪作响，以及人们低声交谈的嗡嗡声。

你和族人在一起非常安全，她对自己说。黑暗的日子已经过去了，太阳回来了，红鹿族就驻扎在附近，而且托瑞克也……

她坐起身，在幽暗中，她看不到他。

但那没什么好奇怪的。由于白昼的时间仍然很短，打猎得借助月光和第一棵树的光芒，大多都在夜里才结束。

在她周围，人们平静地坐着，有的人缝补、有人把火石敲碎。"灵魂之夜"已是三个月前的事了，对于开放森林的氏族而言，欧丝特拉和影子病只不过是个记忆罢了。

芮恩匆匆穿上衣服，出去找黑暗。

他的一头白发闪现在营帐另一边，他坐在睡台边，专心地雕刻。红鹿族的巫师杜伦安正在跟他说话，她一边说，一边拿着一块焦炭在鹿皮上画出背心的轮廓。

芮恩问他们是否看到托瑞克，黑暗说他猜他应该是去找狼了。芮恩出其不意地突然转身背对他，假装在火边暖手。

"怎么了？"杜伦安问。

"没事啊。"她没说实话。

她压根没想过她会想念高山，然而她竟想念了起来。她想念最初住在黑暗石洞的那几天，以及后来，和天鹅族、山兔族住在一起的日子。那时，托瑞克的身心复原得十分缓慢，但她一直都陪在他的身边。他告诉她狼如何从亡灵的世界带他回来，也和她说起他的父亲。她告诉他行者的事情，以及在山里，莎恩送给她的最后一份礼物。他们谈论欧丝特拉的巫术，一致认为是他母亲药罐里的大地之血保护了他的世界灵魂。他们一起把他父亲的海豹族护身符献祭给隐形人，他陪着她帮忙高山氏族的巫师把厉鬼赶回"异世界"，之后他们双双留下，为成为托卡若思的那些孩子的灵魂举行安魂仪式，因为当初如果不是事情有了变化，她差一点也成了托卡若思。

他们肩并肩地互相支持，经历了一切，可是自从他们回到森林，情况就变了。

"芮恩？"黑暗说。

"什么？"她怒气冲冲地回答。

"要不要我们一起去找他？"

"别烦我！"

她无视于黑暗受伤的微笑，以及杜伦安责备的眼光，径自跺着重步去拿她的弓。

"芮恩。"芬·肯丁坐在营火另一边，正在制作箭。"来帮我弄这个，好吗？"

"我要去打猎。"

"先来做这个。"

她吐出一口长气，扔下她的弓。

她的叔叔已经把杨树箭杆削好，也已把火石用腱条固定在箭首。一堆松鸡羽毛放在他旁边，按照左翼、右翼分成两堆。他正在替箭杆绑上三根羽毛，一条大狗友善地靠着他的大腿。

芬·肯丁问芮恩为什么生气，她说她没有。

为什么他要我说出来呢，她心想，他明明知道怎么回事。托瑞克似乎都不来这里，大家又都一直对我行礼，好像我已经正式接任乌鸦族巫师似的，但我根本不是，我根本还没答应。

芬·肯丁开口说，仿佛猜到了她在想什么，"你回来也好一阵子了，可是你始终都没开口问起老巫师过世的事。"

芮恩没理他，继续拿刀削剪，只留下适量的羽毛，确保箭能直飞出去。

"那时我刚从石山回来没多久，"乌鸦族领袖说了起来，"她一直等，直等到我回来整合氏族为止。她选了一个安静、寒冷的日子，以及离营地大约半天路程的冬青树林。我们把躺在睡袋里的她放在雪中，接着她便喝下她准备好的催眠药水。我们对祖灵吟唱，告诉它们她就要出发了，然后她要我们都离开，她走得很安详。"

芮恩放下手中的刀。"我知道你为什么要跟我说这些，也因为这个原因，你要杜伦安留下来，好确定我会接下她的位子。"

芬·肯丁平静地凝视着她。"这就是你害怕的原因？"

"我没有害怕！"她突然往后一退。

那条狗垂下耳朵，紧紧贴着芬·肯丁。

芮恩生气地盯着营火。"这不公平！"她冲口而出，"他们对我行礼，叫我巫师，可是他们却怕托瑞克，有人甚至做了手的记号，试图避开他。"

"他是从亡灵世界回来的人，芮恩，所以他们当然会觉得很不自在，只不过他们都不知道他为他们做了多少事情。"

"是啊！"她冷冷地说，"他们甚至开始说起了他的故事：能与狼和乌鸦交谈的倾听者，他们根本就不想要他跟他们一起生活。"

"那托瑞克呢，他想要的又是什么？"

一如以往，他猜到了她内心真正的困扰。"我不知道。"她难过地说。

芬·肯丁把拇指按在箭杆上轻轻一滑。"听说在'初始'的时候，所有的人都跟托瑞克一样，认得其他生灵的灵魂，而现在就只剩

他一个了。杜伦安认为他恐怕也是最后一个，以后再也不会有心灵行者，而且到后来，人类也只会和狗做朋友，一切都只成了对往事的回忆。"他停了一下，"托瑞克和大家不一样，芮恩，氏族明白这点，他自己也明白。"

芮恩跳起身站了起来。"就连你也一样吗？你想要他走？"

"想要？"芬·肯丁一双蓝眼闪动起来。"你认为我想要他离开？"

"那就叫他留下来啊！"

"不，"乌鸦族领袖说，"他必须自己找出自己的路。"

芬·肯丁在托瑞克前去找狼的时候，无意间遇到他，于是要他陪他一起到谷地上方查看陷阱。托瑞克本想说不，但他养父的语气让他想了想又改变了主意。

离日出还有很长的一段时间，但月光很亮，而且树木在结冰的河面上投下了悠蓝的长影。托瑞克和芬·肯丁吐着蒙蒙寒气，走过冰面时脚底不时发出嘎吱的碎冰声。河对岸一头原本在刨雪的驯鹿停下动作，看着他们走过，然后又继续大口咀嚼地衣。

过了好一会儿，托瑞克才发现芬·肯丁背着个食物袋和捆成一卷的寝具。他问他是否他也该带上自己的行李，芬·肯丁答说不必。过了片刻，他们转而走上一道小峡谷的斜坡。

"可是陷阱不是在上游那儿吗？"托瑞克问。

芬·肯丁继续往上爬。

峡谷里的雪积得较深，被冰风暴折断的树，在月光中投映出宛如一个人驼着背的奇怪影子。

行者坐在一棵断裂的冬青树旁，重新捆扎着他足部的绷带。

托瑞克停下脚步。这真令人不敢相信，眼前这个衣衫褴褛、邋遢、残破的人，过去居然是个伟大的巫师。只有芬·肯丁看到了行者的内心深处，知道他仍拥有智者的能力和活力，这些足以驱动他穿越石山，找到欧丝特拉的巢穴。乌鸦族领袖没有看错，他确实值得托付。

芬·肯丁双手握拳，交叉放在胸前表示友好。"纳瑞德。"他轻声说。

行者完全不理他。

托瑞克小心翼翼地走过去，在他身旁蹲下。"行者，"他说，"你救了我一命，谢谢你。"

"什么？什么？"老人怒气冲冲地打断他。

"你背着我走出高山，盖住我的手和脚，我才没被冻伤。"

行者从胡须里揪出一只虱子，放在指间用拇指一压，接着就把虱子吃了。"隐形人救了狼族少年，我不过拖他出来而已。"他津津有味地又嚼了一只，一边笑一边喷得到处都是。"有个石头把面具人像切黄蜂似地切成了两半！咦，纳瑞克跑哪儿去了？"

芬·肯丁走向他。"跟我们一起回营地去吧，纳瑞德。你会很温暖，我们会照顾你的。"

行者把他破烂的皮斗篷拉上来披在身上，挥手要乌鸦族领袖离开。"纳瑞克和我要一起前往我们美丽的山谷，我们自己照顾自己。"

芬·肯丁叹了口气，放下手中包裹。"衣服、粮食，这都是给你的，老朋友。"

"衣服、粮食。"行者学着照说了一遍，"可纳瑞克跑哪儿去了？"

芬·肯丁犹豫了一下。"纳瑞克死在大火里了。"他和缓地说，"你记得的，你的儿子死了。"

托瑞克牢牢盯着他看。

"纳瑞克在这儿呀！"行者大喊一声，从斗篷里拉出了一只睡眼惺忪的旅鼠。

托瑞克缓缓地说："行者，你以前告诉过我，你是在敲火石的时候，意外失去了一只眼睛。可你的眼睛是不是在我父亲粉碎火焰蛋白石的时候，在森林大火中弄伤的？"

老人伸出肮脏的手指轻抚旅鼠。"眼睛掉出来，"他低声轻唱，"乌鸦吃掉了。乌鸦喜欢吃眼睛。"

芬·肯丁沉重地望着他看。"你已经为纳瑞克复仇了，你大力相助，结束了鹰鸮族巫师带来的噩梦。跟我们回去吧，就让一切归于平静。"

老人继续低声轻唱，仿佛什么也没听到。

芬·肯丁示意托瑞克该是离开的时候了，他对着行者说："再会了，纳瑞德，愿守护灵与你同游。"

就在他们起身要离开的时候，行者突然伸出一只手，硬是把托瑞克拖了回来。他的力气很大，托瑞克闻到一股恶臭，看见他独剩的那只眼里隐约闪烁着什么，宛如一池混水中闪动着一条小鱼。"狼族少年十分困惑，是吧？碎裂的灵魂附着在你的灵魂之中？漫游者、森林、面具人？你就和行者一样，是的，你靠得太近，所以你必须继续前进！"

托瑞克大叫一声，用力挣脱开，行者情绪高昂地放声大笑，接着咳了起来。

他们留他一个人在月光中，在断裂不全的树林里，他把那只旅鼠紧紧捧在怀里。

在前去查看陷阱的路上，他们俩谁也没说话。到了那里之后，他们发现雪地上僵直地倒着三只柳松鸡和两只山兔。芬·肯丁拎起一只松鸡，托瑞克生了堆火，并放了块扁平的石头在火里烧热。芬·肯丁把松鸡对半切开，摊开来放在石头上。吃完东西之后，他从腰间的皮带里拿出一枚鹿角尖，开始磨他的刀。

过了一会儿，他才说："我以前曾告诉你，第七个食魂者已死在大火里。我这么对你说，那是因为我曾对纳瑞德发过誓，绝不把他还活着的事情透露给任何人。"

托瑞克安静地听他说话，一会儿之后才开口问，"纳瑞克，是他儿子？"

芬·肯丁好一阵子没说话，然后才徐徐说出大火发生那晚，托瑞克的父亲亲口告诉他的事情。

"纳瑞德加入'治疗者'的时候，纳瑞克才八岁。纳瑞德没加入多久就想离开，但他们不让他走。他十分坚持，为了让他听话，鹰鹗族巫师便带走了纳瑞克。"他摇了摇头，"'灵魂之夜'，你父亲把大家找来，集合的地点就是现在的焚山。他点燃一场大火，粉碎了火焰蛋白石。海豹族巫师被烧得遍体鳞伤，行者失去了一只眼睛，大家各自逃命……唯独纳瑞克，他被'面具人'捆绑之后藏了起来。他的父亲发现了他的尸体，由于悲伤过度，从此变得神志不清。"

灰烬劈啪作响，一只灰色猫头鹰飞掠而过，四处寻找猎物。

托瑞克抬起头，看着第一棵树的亮光随着黎明的到来逐渐暗淡。他想起纳瑞克和纳瑞德，以及他的父母，也想起这些聪明却犯下大错，后来成了食魂者的巫师。真的好痛苦，这到底是为什么？

"都结束了，托瑞克。"芬·肯丁轻轻地说。

"我知道，可是我以为——我以为我应该不会再那么难过了。"

"这还需要一点时间。"

"要多久？"

乌鸦族领袖两手一摊。"在你母亲死后，我的灵魂过了好多个冬天才真正平复。"

"是什么事情让你回复的？"

"关心我的族人，照顾芮恩。"

她的名字回荡在冷空气中，在他们之间久久不散。

托瑞克起身走开，不久又走了回来。"我知道她必须留下来，也许行者说得没错，也许我终究得四处流浪，只是我不能……我不想失去她。"

他需要芬·肯丁帮他把事情处理得圆满一点，但当他把刀插回刀鞘时，只见他一脸冷酷。"我把猎物带回营地，"他突然开口说，"你把火熄灭了，然后去看看河边的钓线。"

芮恩忘了带食物在身上，结果天还没亮，她已饿得要命，脾气全冲了上来。她一直没找到托瑞克，即使她发现了不少狼的足迹。另外，黑暗的事也让她觉得很难受。

高山氏族之所以容忍他，纯粹是因为托瑞克的缘故，他们只许他睡在营地边缘的另一座营帐，乌鸦族也一样，一开始一直提防着他，后来是看到了阿尔克，态度才有了改变，带着白乌鸦的少年是该得到人们的尊敬。黑暗自己则是一来到森林就非常喜欢，而且很喜欢处在人群中的感觉。但是昨天，芮恩却发现他焦虑地拨弄着他从石洞中带出来的麝香牛小石雕。她意有所指地对他说，芬·肯丁曾表示他想在这里住多久就可以住多久，他也客气地点了点头，但她看得出他心里根本不相信，而且很害怕随时会被赶走。

再加上你对他又那么不耐烦，她一边谴责自己，一边踏着沉重的脚步走向营地。真是聪明啊，芮恩，这就是他需要的。

托瑞克在河边，他拿着鹿角十字镐正设法把冰洞凿开，好把钓线拉上来。放在他身旁的一堆白鲑，没多久便冻结成冰。瑞和蕊在一旁走来走去，装得一副毫不感兴趣的模样。

芮恩朝着托瑞克走来，托瑞克只瞄了芮恩一眼，便继续手边的工作。

他跟她很不一样，他到现在都还穿着那件山兔族外衣，腰间束着克鲁寇斯里克道别时送他的腰带，那是一条宽大的鹿皮带，上头缝了一排排驯鹿牙。芮恩觉得他这样很好看，但看上去就是和开放森林里的人很不一样。她问他在不在意看起来和别人不一样。

"我为什么要在意？"他耸耸肩说，"这就是我。"

她拿起鹿角帮着把冰刮掉。"你难道一点都不在乎？"

"那有什么意义？我又没办法改变这个事实。"

有那么一瞬间，他对她而言仿佛真的只是一个陌生人似的，一个穿着奇怪的皮衣、个头高大的年轻人，额上嵌了一枚放逐者的图腾，眉下是一双不安的淡灰色眼睛。她想，芬·肯丁说得没错，他和大家不一样，他始终都会是这样。

她拉高音量开口说："我要请你答应我一件事。"

他警觉地望了她一眼。"什么事？"

她原本想要求他不要离开氏族，但她一张口说的竟是，"绝对不要在我身上心灵行走。"

"什么？"他的脸一瞬间红得像榉树坚果一样，"可是——我当然不会……我是说，我何必这么做？我早就知道你在想什么了。"

芮恩盯着他看。"你——知道我在想什么？"

他吞咽了一口。"嗯！可以这么说。"

她扔下手中的鹿角，昂着头大步离开。

"芮恩……"

一个雪球整个打在他的脸上。

"看吧！"她大喊着说，"你根本不知道我要做什么，不是吗？"

托瑞克眨了眨眼，吐出嘴里的雪。他的表情变得像在思考什么，芮恩决定她最好快跑。

就在她沿着河岸快跑的时候，她听见他追上来。她迅速弯身躲过了他的雪球，结果雪球击中了前来查看喊叫声是怎么回事的黑暗。

黑暗吓呆了。"怎……怎么了……"

"我们在玩！"芮恩喘着，从他旁边飞快跑过，只听她惨叫一声，托瑞克下一个雪球狠狠打中了她的肩膀。

黑暗马上懂了，没多久，空中到处都是雪球。芮恩扔得很准，黑暗又比她更厉害。托瑞克最不准，但他却有着最快、最狠的攻击力。

乌鸦兴奋的呱叫声引得狼群从森林里大步跑了出来。狼回旋一跳，一口咬住了半空中的雪球；"深色"被溅了一身，因为要打中它最容易；"小圆石"跑个不停，一边叫，一边往大家的脚底钻。最后，托瑞克和芮恩联合起来对付黑暗，一直攻到他笑得倒下来才肯罢休。托瑞克和芮恩倒抽一口气，紧紧揽着彼此的腰，一骨碌倒在他身旁。狼和"深色"冲到他俩身上，"小圆石"则又爬到它爸妈上面。

他们躺着凝视天空，津津有味地吃着黑暗随身带着的榛果饼，又扔了些碎屑给乌鸦。不久，一朵云飘来，遮住了太阳，突然间冷了起来。

"小圆石"到处乱跑，结果被钓鱼线缠住。黑暗赶去帮它，狼和伴侣在后面跟着。

芮恩翻了个身趴在地上，盯着托瑞克看。"如果你打算离开的话，"她很快地说，"想都别想。"

托瑞克坐起身子。"芮恩……"

"嗯？"

他皱了皱眉。"芮恩。"

她站起身，转身走开。

狼群去森林打猎，其他人都回到营地，他们拖着一身污泥，浑身是雪，而且还把冰上的白鲑忘得一干二净。

芬·肯丁先是看了看托瑞克，然后看了看芮恩，接着他便叫托瑞克回去把鱼拿回来，要芮恩去找杜伦安，因为杜伦安在找她。"黑暗，跟我一起待在这儿，"他静静地说，"我有事得和你谈谈。"

噢！不要！芮恩心想，她看见托瑞克迟迟不走，担心着他的朋友。

"我去把我的行李拿来。"黑暗气馁地说。

"为什么？"芬·肯丁厉声问道，"你要离开？"

"嗯，我只是在想……"

"你想离开吗？"

黑暗摇了摇头。

"那就留下来。"

"你——你的意思是以后一直都这样吗？"

"你是我们的一分子，是吧？"

黑暗害羞地点点头。

"这就对了，那就留下吧。"芬·肯丁没等他回答，径自转身离开。

黑暗目瞪口呆地看着他离开，托瑞克张口一笑，拍了拍他的肩膀。芮恩觉得很奇怪，为什么她叔叔毫无笑容。

那天晚上，她醒过来，看见他坐在火边缩成一团。芬·肯丁很少这样，什么也不做，就只盯着火焰看。

森林里传出狼嗥，芮恩听出那里头有着狼强而有力且幸福快乐地歌唱和"深色"悦耳的声音，以及"小圆石"日渐进步的嗥叫。

她看见芬·肯丁侧耳倾听，表情十分悲伤，仿佛狼群正在对他诉说他不想听的事情。

过了一会儿，他坐起身把肩膀挺直。

然后点了点头。

第四十二节

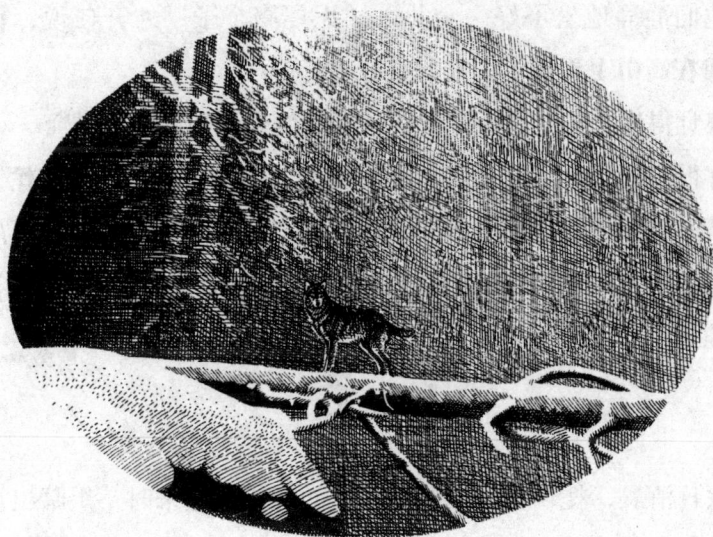

黑暗在树下聚集起来，这时狼正小步跑过雪地，等着他的狼兄弟。

他来到无尾们营地上方的小山丘，跳上一段圆木，试图捕捉气味。他看到好些有着乌鸦气味的狼群前掌抓着一堆树枝，从森林里走出来。白乌鸦栖息在营帐顶端，头上长着白毛的亲切无尾走出来，叫它下来。

两只黑乌鸦飞过狼的身边，以轻柔的"咯啦咯啦"和他打招呼。由于他心情很好，他便也抬起口鼻，对它们回礼。他才刚解决一头雄獐鹿，肚子胀得不得了。刚才他出来的时候，"深色"和小狼正舒服地在啃骨头。

雪地上发出巨大的嘎吱嘎吱声，这声音就等于在告诉狼，他的狼兄弟来了。真吵，狼温柔地想着。

为了确定"无尾高个子"看得见他，他走出树林站在空地，摇着尾巴。"无尾高个子"打招呼的方式不是很开朗，他坐在圆木上，瞪着一双眼发呆，狼坐在他身旁。可怜的"无尾高个子"，还是不知道自己该怎么做。

他们静静地坐了好一会儿，"无尾高个子"才开口说，**你的灵魂，我在高山上看到了，它好亮好亮。**

狼觉得这大约就是他说的话，有时候他说的话有点难懂。

**你很有智慧，**"无尾高个子"接着又说，**你总是帮了大忙，现在帮帮我，到底我是该留下来和乌鸦狼群一起住呢？还是该离开？**

狼把头放在他狼兄弟的膝上与他四目相望，接着便把他的答案告诉了他。

次日清晨，托瑞克正要把卷起来的睡袋绑起来时，黑暗出现在营帐门口。他们彼此交换了个眼神，托瑞克松了口气，他知道他不需对他的朋友多做解释。

"我会想念你的。"黑暗说。

托瑞克试着扬起笑容。"我父亲以前常说，生命中最棒的事就是不断往前，前往下一个营地。"他停了一下，"当然，那是狼族人的说法，而我并不是狼族的人。"

"是啊！我也不是乌鸦族的人，他们好像也不是那么在意。"

"你知道现在有些人已经把你叫做白乌鸦了吗？"

黑暗笑了笑。最近这一阵子，他对自己愈来愈有自信，托瑞克觉得他就该这样才对。

"你打算做些什么？"黑暗说。

"噢……打猎吧！到我以前没看过的森林那儿去看看，和狼还有'深色'、'小圆石'一起生活。"他想了一下，"我累了，黑暗，我想平静地在树林里生活。"

黑暗点点头。"芮恩说你经历太多事情了，而我则是经历得太少。"

托瑞克低头望着他的睡袋，心想，相信芮恩一定会了解的。他皱起眉头，使劲绑紧最后一个绳结。

"来，"黑暗边说，边伸出他的手掌，"你都没有护身符，所以我就帮你做了一个。"

只见皮带上系了一只小石狼，石狼精美地刻在灰色的石板上，双眼半闭地昂着口鼻，准备嗥叫。"我在它的肚子上刻了森林的记号，"黑暗说，"而且我用杨树的树血上了红色，这很重要的。红色代表火焰和高山，以及友情，你偶尔得要修补一下，我的意思是，别让杨树血褪色了。"

托瑞克接下护身符，挂在脖子上。"谢了。"他说，"我会注意的。"

他发现芬·肯丁坐在河边，正在修补渔网。乌鸦族领袖放下工作，看着他走向自己。"我真希望你可以不必离开。"他静静地说。

"我也是，不过我的狼 兄弟给了我一些提醒，一只狼是不可能分属两个狼群的。"

芬·肯丁若有所思地点点头。"你知道，在你小时候你父亲到海边氏族大会去找老巫师的时候，他对她说，**虽然我儿子不是狼族的**

**人，但我却觉得他是只真正的狼**。我终于明白他说这话的意思了。"

托瑞克感到喉头一阵哽咽。"芬·肯丁，我不——我不知道该如何谢谢你为我所做的一切。"

乌鸦族领袖皱起了眉头。"不要谢我，托瑞克，你只要牢牢记住，不论你去到什么地方，你都会在氏族中找到朋友。还有，我希望……我希望有一天，你还会再回来。"

"我会的，我一定会再来看您的，我向您保证，我的养父。"

芬·肯丁站了起来，一双蓝眼闪现着微光，这同时，他把手放到托瑞克的后颈，两人碰触彼此的额头。"再见，我的儿子。"乌鸦族领袖说，"愿守护灵与你同奔。"

托瑞克向他辞别，茫然地离开了营地。

这一天正值"柳松鸡之月"，平静且晴朗。虽然春天还没到来，森林已是蠢蠢欲动。一只啄木鸟在远处咚咚敲个不停，一只强悍的小红腹灰雀栖在梣木枝上，咬着种子的嘴劈啪地响，一只白山兔一屁股坐在地上，啃着霜冻后发黑的山楂。

托瑞克只走了一会儿，狼就来了，小步跟在他旁边。他的毛皮上零星散布着雪花，一双琥珀色的眼睛光彩明亮。托瑞克问他狼群姐妹在哪里，狼在中途带着他走上山谷斜坡。

在洒满阳光的空地上，芮恩坐在一块岩石上，正在替她的弓上新弦。"深色"躺在她旁边，下巴在刺藤枝上磨啊磨的清理秽物。瑞和蕊栖在树上，不断把松果朝"小圆石"身上扔。

"深色"和小狼蹦蹦跳跳地跑过去迎接他们，芮恩却连头也没动一下。她的帽子垂在背后，一头红发有如熊熊火焰。托瑞克停下脚步，想把这一幕留在他的脑海里。

"我是来道别的。"他终于开口说。

她瞄了他一眼，继续忙她的弓。"跟谁？"

"芮恩，我不能留下来，你又不能离开。"

"那就是说如果我能，你就会让我自己选择。"

他没回话。

芮恩站起来面对着他，苍白的脸十分平静。"这个选择不是由你来做，而是我。"

她说话的样子不知怎地竟让他的心跳停了一下。"可是……你就要接任氏族巫师的位子。"

"并没有，接任的人是黑暗。"

黑暗。

"芬·肯丁早就看出来了。"芮恩停了一下，"也就因为这样，他才请杜伦安留下来，不是为了我，是为了黑暗。她说他的能力很惊人，而且他也很渴望这样的能力，他确实如此。"她脸上顿时出现了两抹红晕，"芬·肯丁看得明明白白，他……"她吞咽了一口，"他让我自己选择。"

直到这时，托瑞克才发现石头后面放着她的行李。

"托瑞克，"芮恩坚决地说，"你一再丢下我，自己一个人离开，这可是最后一次，你要我跟你一起走，还是不要？"

托瑞克很想说话，但却什么也说不出来，他点了点头。

"说出来。"芮恩命令地说。

"是的、是的，我要你跟我一起走。"

她笑了起来。

"是的！"他大喊了一声，将她一把抱起来，转着圈，转得她的红发飞扬，就在这时，一阵狂风扬起，乌鸦突然出现在空中，狼群热烈地摇着尾巴，叫了起来。

芬·肯丁在山谷下方听到了他们的声音，他站起身，举起手杖，向他们告别。

托瑞克和芮恩跳上岩石，好让芬·肯丁看见他们，他们把弓高举在头上，不停地挥舞。

接着他们扛起芮恩的行李，向着早晨大步迈进，狼群跟在他们后面踱着步子，乌鸦在天空飞扬舞动。

# 作者的话

托瑞克的世界是在六千年前：在冰河时期之后，农耕之前，当时整个西北欧依然都是浓密的森林。

托瑞克世界里的人看起来和你我并没有两样，只是他们的生活方式完全不同。他们还没有文字、金属和轮子，不过他们并不需要这些。他们是卓越的求生者，他们对森林里的动物、树木、植物和岩石都了如指掌。不管需要什么，他们都知道去哪里找或如何制作。

他们住在小氏族里，大部分的人总是到处迁徙，有些甚至在一个扎营处只停留几天，像狼族；有些则会待上一个月或一季的时间，像乌鸦族和野猪族；有些则整年待在同样的地方，像海豹族。也因此，在《丛林惊魂》事件发生之后，有些氏族已经迁移到他处，从附录地图即可一窥究竟。

为了寻找《魔穴大战》的数据，我在冬至的时候去了芬兰的拉布兰岛。我在位于萨利色尔卡荒野中的乌尔霍凯科宁国家公园中，尾随麋鹿的足迹，穿着雪鞋走了好几里路，还在零下十八摄氏度的温度下，看着驯鹿开心地用脚扒开地衣上的雪。

我也去了挪威的多佛勒高地，好几次独自一人上山，感受林地的气氛，体验孤身在高山上那种疏离却又挥之不去的感觉。有几次我仔细看了麝香牛，它们的模样俨然是长满浓毛的峰牛，可是它们居然是羊的同类。我捡了一些它们掉在树枝上的毛，拿起来时还热热的；我常常遇到成群麝香牛挡在路中，不得不改变上山的路线，此外我还爬上了海拔二千二百八十六公尺的斯诺赫塔山。山上说来就来的浓雾、阴森森的悬崖，以及变化莫测的大石地，都给了我很多写幽魂山的灵感。

最后，我当然还是和英国野狼保护基金会的狼群保持好交情，它们始终是我灵感的泉源。很荣幸能一路看着这些小狼长成现在快乐、健康、活泼、开朗的成年狼，这都要归功于照顾它们的爱心志工。

我要感谢英国野狼保护基金会的每一个人，让我能和基金会中可爱的狼群这么亲近的相处；感谢现已退休的伦敦塔"纽曼乌鸦王"计划的负责人德瑞克·寇理先生，和我分享他对某些特殊乌鸦的丰富知识和经验，让我的灵感源源不绝；感谢芬兰伊瓦洛这里和蔼热心的每一个人；感谢多甫勒、孔斯沃尔山间客栈的爱伦和努特·尼乎斯，因为他们热心相助，我才能越过陆军的枪炮射程区，去到斯诺赫塔山脚，让我因此有机会（几乎）爬到山顶。

我并且要感谢ORION出版社所有工作人员，谢谢大家从始至终的热情相挺，非常感谢乔弗·泰勒为这套书画出了美妙传神的内页插画和引人无限遐想的地图，感谢约翰·福特汉无与伦比的封面设计，点亮了每一个故事的灵魂。

一如往常，我要谢谢我的经纪人彼得·卡克思，感谢他长期以来不曾稍减的热情与支持。

最后，我要特别向费欧娜·肯尼迪致谢，感谢她在我写作这一系列作品期间的鼓励，以及她从无间断的付出、耐心，以及善解人意，她真的是个最棒的编辑和发行人；还要感谢把此书引进中国大陆的版权经纪人周长遐。

米雪儿·佩弗